지킬 박사와 하이드

Dr. Jekyll and Mr. Hyde

지킬 박사와 하이드

—

개정판 1쇄 2016년 6월 1일
지은이 로버트 루이스 스티븐슨
옮긴이 공경희
펴낸이 김영재
펴낸곳 책만드는집

—

주소 서울 마포구 양화로3길 99 4층 (04022)
전화 3142-1585·6
팩스 336-8908
전자우편 chaekjip@naver.com
출판등록 1994년 1월 13일 제10-927호

—

ISBN 978-89-7944-558-9 (03840)

이 도서의 국립중앙도서관 출판사도서목록(CIP)은 e-CIP
홈페이지(http://seoji.nl.go.kr)에서 이용하실 수 있습니다.
(CIP제어번호 : CIP2016010846)

Dr. Jekyll and Mr. Hyde

지킬 박사와 하이드

JEKYLL HYDE

로버트 루이스 스티븐슨 지음

공경희 옮김

책만드는집

차례

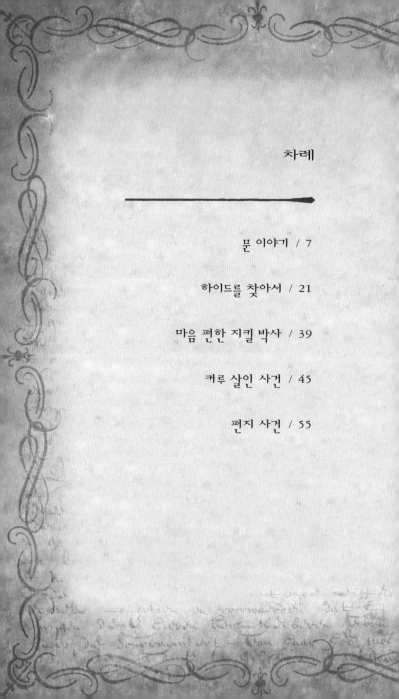

문 이야기

어터슨 변호사의 얼굴은 웃어도 환해 보이지 않았다. 대화를 할 때면 냉랭하고 말수가 적었으며, 멋쩍어했다. 감상적인 면도 없었다. 그는 마르고 키가 큰 데다가 딱딱하고 우울한 분위기까지 가지고 있었다. 그럼에도 불구하고 그에겐 사람의 마음을 끄는 매력적인 구석이 있었다. 다정한 모임을 가질 때나 와인이 입맛에 맞을 때면 인간미를 풍기는 눈빛이 되었다. 말투는 크게 다르지 않아도, 저녁 식사 후 말 없는 표정에서 그런 면이 드러났다. 생활의 일면에서는 그런 면모가 더욱 도드라졌다. 어터슨은 자신에게 엄격했고, 고급 포도주를 좋아하면서도 혼자 있을 때면 진을 마셨다. 또 연극을 좋아하지만, 20년간 극장에 발을 들여놓지 않았다. 하지만 다른 사람들에 대해서는 포용력이 있었다. 정신이 받을 고통에 개의치 않고 나쁜 짓과 극단적인 일을 벌이는 사람들에 놀라거나 부러워하면서, 비난하기보다는 도와주려 했다. 그는 기이하게도 「난 카인(역주-구약성서에서 하느님의 사랑을 받는 동생 아벨을 질투해서 죽인 사람)의 이단이 맘에 든단 말이야. 내 형제가 멋대로 악마에게 가게 내버려 두지」라고 말하곤 했다. 이런 성격 때문에 그는 몰락하는 이들에게 가장 성품 좋은 친지이자 좋은 영향을 미치는 사람으로 알려졌다. 그는 그런 사람들이 찾아와도 여느 사람에게 하듯 똑같은 태도로 대했다.

물론 그에게 그것은 쉬운 일이었다. 그는 워낙 내성적인데다, 비슷한 정도로 너그러운 성품을 지닌 사람들과만 사귀는 듯했다. 겸손한 사람이라면 다정한 사람들을 받아들이기 마련이고, 어터슨도 그렇게 처신했다. 그의 친구들은 친척이거나 오래전부터 알던 이들이었다. 그들에 대한 애정은 담쟁이덩굴처럼 시간이 지나면서 자라났고, 상대의 옳고 그름에 좌우되지 않다. 어터슨과 그보다 젊은 리처드 엔필드의 관계가 그랬다. 엔필드는 먼 친척으로 런던에서는 꽤 알려진 인물이었다. 둘이 서로의 어떤 점에 끌리는지, 어떤 공통점이 있는지 다들 의아해했다. 어터슨과 엔필드가 일요일에 산책하는 광경은 자주 목격되었다. 이들을 본 사람의 말에 의하면 둘은 아무 말 없이 무덤덤한 표정으로 거닐다가 친구라도 만나면 안심이 되는 듯 반갑게 인사한다고 했다. 그런데도 두 사람은 이런 산책을 가장 중요한 일로 받아들이고, 한 주일의 보석 같은 시간으로 여겼다. 둘만의 시간을 방해받지 않기 위해, 일과 관련된 약속까지도 거절할 정도였다.

그들이 우연히 런던 번화가의 뒷골목으로 접어들었을 때도 이런 산책 중이었다. 거리는 작고 조용했지만, 주중에는 장사가 잘되는 번화한 곳이었다. 상점은 어디든 장사가 잘되는 듯했고, 상인들은 상점이 더 잘되도록 상품을 풍성하게 진열해서 오가는 이의 마음을 끌고자 했다. 그래서 거리에 있는 가게 입구마다 여점원들이 미소 지으며 서 있는 것처럼 「어서 오세요」 하는 분위기가 넘쳐났다. 일요일인데도 상점은 더 화려한 매력을 풍겼다.

평소보다 인적이 뜸했지만, 이 길은 우중충한 옆 동네와 비교하면 화사했다. 불타는 숲 같다고나 할까. 갓 칠한 셔터와, 윤이 나는 청동 장식물, 그리고 깔끔하고 명랑한 분위기는 행인들의 기분을 유쾌하게 만들기에 충분했다.

동쪽으로 가는 왼편 모퉁이에서 두 번째 집 마당으로 들어가는 입구에 상점의 줄이 끊겼다. 바로 거기, 거리 쪽으로 박공지붕이 튀어나온 불길해 보이는 건물이 있었다. 2층짜리인 그 건물은 창문도 없고, 1층에 문 하나만 달랑 있었다. 위층에는 빛바랜 벽만 휑하니 드러났고, 어딜 보나 오랫동안 방치한 흔적이 역력했다. 좋은커녕 문 두드리는 고리도 없는 현관은 칠이 벗겨져 지저분했다. 부랑자들은 후미진 곳에 앉아서 널빤지에 성냥을 그어댔고, 아이들은 계단에서 가게 놀이를 했다. 남자 아이들은 창틀의 테두리에다 칼날을 시험하고 있었다. 하지만 이런 불청객들을 쫓아내거나 망가진 부분을 보수하는 사람은 아무도 나타나지 않았다.

엔필드와 어터슨 변호사는 골목의 맞은편 길을 걷고 있었다. 이 건물의 입구에 다다르자, 엔필드는 지팡이로 건물을 가리키며 물었다.

「저 문을 눈여겨본 적이 있으세요?」

어터슨이 그렇다고 대답하자 그가 다시 말했다.

「제 기억 속에서 이 집은 아주 묘한 이야기와 관련이 있습니다.」

「정말인가? 무슨 사연이 있었나?」

어터슨이 물었다. 조금 달라진 목소리였다.

「바로 이 길이었죠.」

엔필드가 대답했다.

「사연인즉 이렇습니다. 어느 캄캄한 겨울 새벽 세 시경, 제가 아주 먼 곳에 갔다가 집에 돌아오는 길이었어요. 시내를 지나가는데 말 그대로 가로등 외에는 아무것도 보이지 않았어요. 사람들은 모두 잠들어 있었지요. ─거리에는 가로등이 줄지어 있었어요. 텅 빈 교회를 지나는 행렬이라도 되는 것처럼 말이에요. ─이런 곳을 지나다 보니, 무슨 소리라도 나는지 귀 기울이다가 경찰이라도 나타나 주었으면 하는 마음이 들더군요. 그런데 갑자기 두 사람이 보이는 겁니다. 하나는 체구가 작은 남자였는데 성큼성큼 걸어 동쪽으로 가고 있었고, 다른 한 사람은 여덟에서 열 살쯤 된 여자애였는데 교차로를 힘껏 달려가고 있었어요. 그러다 둘은 모퉁이에서 딱 부딪쳤지요. 그런데 이때 끔찍한 일이 벌어진 겁니다. 사내가 아이의 몸을 그냥 밟아버렸어요. 아이는 땅바닥에 널브러져서 비명을 질렀지요. 그 소리는 아무것도 아니에요. 소름 끼치는 광경에 비하면 말이지요. 도무지 인간 같지 않았어요. 무슨 괴물 같더군요. 저는 그를 소리쳐 부르고 냅다 쫓아가서 그 작자의 목덜미를 낚아챘습니다. 그자를 아이가 쓰러진 곳으로 끌고 가니, 주변에 여럿이 모여 있더군요. 그자는 아주 침착했고 저항도 하지 않았어요. 그렇지만 저를 힐끗 쳐다보는데 어찌나 추악하던지, 식은땀이 다 흐르더군요. 알고 보니 모인 사람들은 아이의 가족이었어요. 곧 의사가 나타났습니다. 아마도 아이는 의사를 부르러 가던 중이었던 것 같아요. 의사가 볼 때 아이는 아주 심한 상태는 아니고 겁을 좀 먹었다고 하더군요. 거기서 사건이 끝났으리라 생각할 수도 있겠지요. 그런데 상황이 아주 묘했습니다. 저는 처음 봤을 때부터 그자가 혐오스러웠어요. 그건 아이의 가족도 마찬가지였답니다. 그런데 의사도 저와 비슷한 느낌을 받았던 겁니다. 그는 여느 의사처럼 딱딱하고 메마른 태도였고, 나이나 피부색은 감이 안 잡혔지만 강한 에든버러 사투리로 말했어요. 또 아주 감상적인 면도 있었고요. 의사도 다른 사람들과 비슷한

마음이었습니다. 그는 아이를 짓밟은 사내를 쳐다볼 때마다 죽여버리고 싶은 욕구로 얼굴이 하얗게 질리더군요. 제가 그 기분을 알아차렸죠. 죽이고 싶은 마음이야 우리 모두 마찬가지였으니까요. 하지만 그를 진짜로 죽일 수는 없었기 때문에 저희는 차선책을 택했어요. 저희는 사내에게 소문을 퍼뜨려서 그의 악명을 런던 전체에 퍼뜨리겠다고 윽박질렀습니다. 그에게 친구나 명예가 있다면 다 잃게 될 거라고 위협했지요. 저희는 열이 나서 목청을 돋우면서도 여자들을 그와 떨어뜨려놓으려고 최선을 다했어요. 그들이 하피(역주-그리스신화에서 여자의 얼굴과 새의 몸을 가진 탐욕스러운 괴물)처럼 날뛰었거든요. 그렇게 증오에 찬 얼굴은 처음 봤어요. 그런 가운데서도 사내는 음침한 분위기를 풍기며 비웃는 듯 침착함을 보였고—겁도 좀 먹었더라고요.—뻔뻔하게 구는 게 진짜 사탄 같더군요. 그가 말했습니다. '이번 일로 돈을 뜯어낼 작정이라면, 난들 도리가 있겠소. 신사라면 이런 상황을 피하고 싶을 수밖에. 얼마를 원하는지 말해보시오.' 저희는 아이의 가족을 대신해서 사내에게 백 파운드를 내놓으라고 다그쳤습니다. 그는 버티고 싶어 하는 듯했지요. 하지만 저희가 가만 있지 않을 기색이었기에, 결국은 그자가 지고 말았어요. 이제 돈을 받는 일만 남은 거예요. 그자가 저희를 데려간 곳이 바로 저 문이 있는 저기랍니다. 그는 열쇠를 꺼내더니 안으로 들어갔고, 곧 금화 10파운드와 쿠츠 은행의 수표를 가지고 나타났어요. 수표는 그것을 가져간 사람이 돈을 지급받도록 되어 있는 것이었는데, 누구의 서명이 있었는지는 말씀드릴 수가 없네요. 그게 제가 이런 이야기를 하는 이유 중 하나이긴 하지만 말이죠. 아무튼 아주 유명하고, 신문에도 자주 오르내리는 이름입니다. 수표에 적힌 숫자는 어색했지만, 그에 비하면 서명은 훌륭하더군요. 물론 진짜 수표일 경우에 말이지요. 저는 사내에게 모든 정황이 의심스럽다고, 어떤 사람이 새벽 네 시에 지하실에 들어가서 백 파운드나 되는 다른 사람의 수표를 가지고 나오겠느냐고 따졌어요. 하지만 사내는 조용히 비웃더군요. 그가 이런 말을 했어요. '마음 놓으시오. 은행이 문을 열 때까지 같이 있다가 내가 직접 수표를 현금으로 바꿔줄 테니.' 그래서 저는 의사, 아이의 아버지, 그리고 그 친구를 저희 집으로 데려가서, 아침이 밝기를 기다렸어요. 다음 날 저희는 아침 식사를 마치고 나서 다 같이 은행으로 몰려갔지요. 제가 직접 수표를 내주면서, 어느 모로 보나 위조수표 같다고 말했습니다. 그런데 그건 가짜가 아니었어요. 수표는 진짜였던 거예요.」

「쯧쯧.」

어터슨은 혀를 찼다.

엔필드가 말했다.

「저와 같은 기분이시겠지요. 맞습니다. 이건 흉악한 이야기예요. 그 사내는 누구와도 관계가 있을 리 없는 흉악한 사람이었으니까요. 그런데 수표를 써준 사람은 아주 교양 있는 분이고 유명 인사이기도 하거든요. (더 난감한 것은) 소위 좋은 일을 한다는 변호사님의 친구들 중 한 분이기도 하고요. 사내는 협박으로 수표를 받아냈을 겁니다. 정직한 분이 젊은 시절에 장난쳤던 일로 협박을 받고 돈을 준 거죠. 그래서 저는 저 집을 협박의 집이라고 부른답니다.」

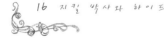

그는 이렇게 말하고 얼른 덧붙였다.

「그것으로 모든 게 설명되는 건 아니지만 말이죠.」

엔필드는 생각에 잠겼다.

어터슨이 불쑥 질문을 던지는 바람에 그는 정신을 차렸다.

「그러면 수표를 써준 사람이 저기 사는지 여부는 모르는 건가?」

「살 법도 하지요, 안 그렇습니까? 하지만 제가 우연히 그분의 주소를 알게 되었거든요. 그분은 다른 광장 근처에 살던데요.」

엔필드가 대답했다.

어터슨이 다시 물었다.

「그럼 자네는 저 문이 있는 집에 대해서는 묻지 않았나?」

「네, 변호사님. 묘한 생각이 들어요. 저는 질문을 던지는 데 상당히 부담을 느낀답니다. 너무 최후 심판의 날 같은 분위기가 나거든요. 질문을 던진다는 것은 돌을 던지는 것과 비슷해요. 질문을 한 사람은 언덕 꼭대기에 조용히 앉아 있고, 돌은 다른 사람들에게 날아가지요. 곧 아무 상관없는 친구가 (그 돌을 맞을 줄 짐작도 못 했던 사람이) 자기 집 뒷마당에서 돌을 맞고 쓰러지는 겁니다. 그 가족은 가장을 잃어버리고요. 변호사님, 저에게는 신조가 하나 있답니다. 미심쩍은 구석이 많아 보일수록, 질문을 덜 한다는 거지요.」

「아주 그럴 듯한 신조로군.」

어터슨 변호사가 맞장구를 쳤다.

엔필드가 말했다.

「그런데 저는 저 집을 쭉 유심히 지켜보았답니다. 주택

같아 보이지는 않아요. 다른 문은 없고, 집에 드나드는 사람도 없거든요. 그 사건의 주인공만 이따금 들를 뿐이지요. 위층에는 마당 쪽으로 창문이 세 개 있고, 아래층에는 창문이 없어요. 창문은 항상 닫혀 있지만 깨끗하고요. 그리고 굴뚝이 하나 있는데, 제법 연기가 많이 나더군요. 그러니 누군가 집에 사는 것은 분명하지요. 그런데 또 그게 확실치가 않은 게, 마당 주변에 집들이 빽빽이 있어서 어느 굴뚝에서 나는 연기인지 구분하기 힘들더라고요.」

두 사람은 한동안 말없이 걸었다. 그러다가 어터슨이 입을 열었다.

「엔필드, 자네의 신조 말일세. 아주 훌륭하네.」

「네, 저도 그렇게 생각합니다.」

엔필드가 대답했다.

변호사가 말했다.

「한데 한 가지 묻고 싶은 게 있네. 그 아이를 밟았다는 사내의 이름이 뭔가?」

「하긴 그 이름은 말씀드려도 해될 게 없겠네요. 그 사내의 이름은 하이드였습니다.」

엔필드가 대답했다.

「흠, 어떤 부류의 사람 같던가?」

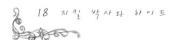

「설명하기가 쉽지 않아요. 외모에 뭔가 이상한 점이 있어요. 불쾌하고, 아주 기분을 나쁘게 하는 그런 구석이 있죠. 그렇게 싫은 사람은 처음 봤지만, 이유를 꼬집어 말할 수는 없어요. 틀림없이 어딘가 불구일 겁니다. 어디가 이상한지 집어낼 수는 없지만, 신체가 아주 이상하다는 느낌을 강하게 풍기거든요. 유별난 외모이긴 한데, 뭐가 별난지는 지적할 수가 없어요. 그렇습니다, 변호사님. 제대로 답해드릴 수가 없네요. 그 사내를 확실히 설명 못 하겠습니다. 그게 기억이 잘 나지 않아서는 아니에요. 이 순간에도 그 모습이 훤히 그려지거든요.」

엔필드가 말했다.

어터슨은 다시 말없이 걸음을 옮겼다. 깊은 생각에 잠긴 것 같았다. 마침내 그가 물었다.

「그 사람이 열쇠를 사용했다는 게 확실한가?」

「변호사님…….」

엔필드는 놀란 눈치였다.

변호사가 말했다.

「그래, 나도 아네. 틀림없이 이상해 보이겠지. 사실, 내가 수표 주인의 이름을

묻지 않는다면 그것은 이미 누군지 알고 있기 때문일세. 리처드, 자네는 이미 이야기를 내뱉었네. 혹시 정확하지 않은 대목이 있다면, 고쳐 말하는 게 좋을걸세.」

엔필드가 샐쭉해져서 대꾸했다.

「아시면 안다고 미리 말씀해주시지 그러셨어요. 하지만 저는 융통성 없다고 할 만큼 정확히 말했습니다. 그 사람은 열쇠를 가지고 있었어요. 게다가 지금도 그 열쇠를 사용하고요. 그가 열쇠로 문을 여는 것을 본 지 일주일도 안 됐으니까요.」

어터슨은 깊은 한숨을 내쉬었지만, 한마디도 하지 않았다. 그러자 리처드 엔필드가 다시 입을 열었다.

「아무 말도 하지 말아야 된다는 교훈을 또다시 얻었네요. 제가 혀를 놀린 게 부끄럽습니다. 앞으로 다시는 이 이야기를 꺼내지 않기로 해요.」

변호사가 대답했다.

「진심으로 동의하는 바일세, 리처드.」

하이드를 찾아서

그날 저녁 어터슨은 우울한 마음으로 집에 돌아왔다. 저녁 식사를 하기 위해 식탁에 앉았지만 입맛이 없었다. 일요일에는 저녁 식사가 끝나면 난롯가에 앉아서 딱딱한 신학책을 읽는 습관이 있었다. 그러다가 이웃 교회에서 자정을 알리는 종을 치면, 진지하고 감사한 마음으로 잠자리에 들었다. 그러나 이날 밤에는 옷을 벗자마자 촛불을 들고 사무실로 들어갔다. 거기 놓인 금고의 제일 안쪽에 서류 봉투가 있었다. 봉투에는 '지킬 박사의 유서'라고 적혀 있었다. 어터슨은 앉아서 눈썹을 찌푸리고 유서의 내용을 살펴보았다. 유서는 지킬 박사의 자필로 쓰여 있었다. 어터슨은 유서를 보관하고 있지만, 유서 작성을 돕지는 않았다. 의학 박사이며 민법 박사, 법학 박사, 왕립협회 회원 등등의 자격이 있는 헨리 지킬이 죽으면, 모든 재산은 그의「친구이자 보호자인 에드워드 하이드」에게 상속된다는 내용이었다. 그뿐만 아니라 지킬 박사가「실종되거나 알 수 없는 이유로 3개월 이상 모습을 보이지 않을 경우」에도 에드워드 하이드가 즉시 헨리 지킬의 소유를 물려받게 되어 있었다. 그에게는 박사의 가족에게 약간의 돈을 주는 것 외에는 다른 의무가 없었다. 어터슨 변호사는 오래전부터 이 유서가 못마땅했다. 변호사이자, 인생의 합리성과 관습을 지키는 사람인 그로서는 이런 이상한 내용이 생각 없어 보였다. 지금까지는 하이드라는 사람을 모른다는 점이 그에게 적대감을 심어주었지만, 이제 갑자기 그를 알게 되었고, 그의 혐오스러운 성격을 알고 나니 기분이 더 안 좋았다. 오랫동안 드리워졌던 안개가 걷히자, 갑자기 친구의 모습이 또렷이 떠올랐다.

변호사는 불쾌한 서류를 제자리에 놓으면서 중얼거렸다.

「전에는 미친 짓이라고 생각했는데, 이젠 불명예가 될까 봐 걱정되기 시작하는군.」

그는 촛불을 끈 다음, 외투를 걸치고 캐번디시 광장 쪽으로 나섰다. 그 병원과 약국의 거리에 친구인 래니언 박사의 집이 있었다. 그의 진료실에는 늘 환자가 많았다. 어터슨은 '누군가 사정을 알고 있다면 그건 당연히 래니언일 테지'라고 생각했다.

어터슨을 알고 있는 점잖은 집사는 그를 따뜻하게 맞았다. 어터슨은 기다리지 않고 곧 식당으로 안내되었다. 래니언 박사는 혼자 앉아서 포도주를 마시고 있었다. 래니언은 혈색이 좋고 활기찬, 건강한 신사였다. 일찌감치 머리가 희어진 그는 활달하고 당당했다. 그는 어터슨을 보자 의자에서 벌떡 일어나더니 양팔을 벌려 친구를 맞이했다. 그가 보이는 친절은 다소 과장된 몸짓으로 보였지만, 진심이 배어 있었다. 두 사람은 중·고등학교와 대학을 함께 다닌 오랜 친구로, 자신과 상대방을 존중했다. 또 함께 어울리면 즐거운 사이였다.

간단한 안부가 오간 후, 어터슨 변호사는 마음을 짓누르고 있는 용건을 꺼냈다.

「래니언, 자네와 나는 헨리 지킬에게는 가장 오래된 친구일 테지?」

변호사가 물었다.

래니언 박사는 킬킬대면서 대답했다.

「우리가 더 젊으면 좋으련만. 아무튼 그거야 그렇지. 그런데 왜 그러나? 요즘은 그 친구를 통 못 봤는데.」

「정말인가? 난 자네들이 공통의 관심사를 갖고 있는 줄 알았는데.」

어터슨이 말했다.

「예전에는 그랬지. 하지만 헨리 지킬이 내가 감당 못 할 만큼 공상에 빠진 지 10년이 넘었다네. 물론 옛 친구니까 늘 그에게 관심을 갖고 있긴 하지. 한데 그 친구, 이상한 구석이 있단 말이야. 그렇게 비과학적인 허튼소리를 지껄이니, 아무리 친한 친구 사이라도 멀어지지 않을 수 있겠나!」

래니언 박사는 얼굴을 붉히며 말했다.

그가 화를 내자 어터슨은 어쩐지 마음이 놓였다. 그는 생각했다.

'둘이 과학적인 관점이 다른 것뿐이야.'

(양도 증서에 대한 문제를 제외하면) 과학에 별다른 관심이 없는 그는 '그보다 나쁜 일은 아니야!'라고까지 생각했다. 그는 래니언 박사가 진정할 짬을 준 다음, 묻고 싶은 말을 꺼냈다.

「혹시 그 친구의 피보호자를 만난 적이 있나? 하이드라

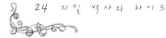

는 사람인데?」

「하이드? 아니. 그런 이름은 들어본 적이 없네. 생전 처음 듣는 이름이야.」

래니언이 대답했다.

어터슨 변호사는 그 정도의 내용만 알고, 집으로 돌아왔다. 그는 색이 짙은 큰 침대에 누워서 엎치락뒤치락하다가 결국 동이 틀 때까지 잠을 이루지 못했다. 마음이 괴로운 밤이었다. 그는 어둠 속에서 의문에 사로잡혀 고뇌했다.

편리하게도 바로 옆에 있는 교회에서 여섯 시를 알리는 종을 쳤다. 하지만 그는 여전히 고민에 빠져 있었다. 지금까지는 논리적인 면만 마음에 거슬렸지만 이제는 상상까지 개입되어 시달렸다. 커튼이 내려진 어두운 방에 누워 있자니, 엔필드에게 들은 이야기가 두루마리 그림처럼 쭉 펼쳐졌다. 도시의 밤 속에서 가로등이 밝혀진 동네가 보인다. 한 남자가 빠른 걸음으로 걸어가고, 왕진을 청하러 갔던 아이가 나타난다. 그러다 둘이 부딪치고, 괴물 같은 사내는 아이를 짓밟고는 비명 소리에도 아랑곳하지 않고 지나가 버린다. 또 부잣집의 방에 그의 친구가 잠든 채 꿈을 꾸면서 싱긋 웃는 장면이 떠오른다. 그때 문이 열리고 침대에 드리워진 커튼이 젖혀지자, 잠자던 사람은 정신을 차린다. 그런데 아니! 거기에 권력을 쥔 사람이 서 있다. 그런 밤 시간인데도 그 친구는 일어나서 시키는 대로 해야 한다. 어터슨 변호사는 밤새도록 두 장면 속의 인물을 떨치지 못했다. 잠깐 졸라치면, 그 형체는 잠든 집 사이로 빠져나가거나 가로등이 켜진 도시의 미로를 어지러울 만큼 휙휙 누비고 지나서, 아이와 부딪쳤고 아이의 비명이 울려 퍼졌다. 형체는 얼굴이 없어서 어터슨은 그를 알아

볼 수가 없었다. 그의 꿈속에서도 형체는 얼굴이 없었다. 있다 해도 그의 눈앞에서 어른거리다 사라져버렸다. 그래서 하이드를 봐야겠다는 강렬하고도 지나치다 싶은 호기심이 변호사의 마음에 점점 들어찼다. 한 번이라도 그 얼굴을 볼 수 있다면 미스터리는 옅어지고 결국 사라질 것 같았

다. 수수께끼가 드러나면 아무것도 아닌 게 되는 법이다. 그 얼굴을 보면 친구가 이상한 자를 좋아하거나 그에 연연하는 (그런 표현이 맞는다면) 이유를 알게 될 것 같았다. 알

수 없는 유서를 작성한 원인도 밝혀질 것 같았다. 적어도 볼 가치가 있는 얼굴이었다. 동정심이라곤 없는 데다가, 좀처럼 흔들리지 않는 엔필드의 마음에 오랜 증오를 심어놓은 사람의 얼굴이므로.

그때부터 어터슨은 상점가 뒷골목의 그 집 앞을 서성대기 시작했다. 아침에 상점 문이 열리기 전, 손님이 많은 정오, 한산한 밤 시간까지 그곳을 맴돌았다. 밤에는 안개 낀 도시의 달빛 아래나 집집마다 밝힌 불빛 속에서 지켜보곤 했다.

그는 '그가 숨는 자라면 나는 찾는 자다(역주―하이드Hyde의 이름은 '숨다'의 뜻을 가진 'Hide'와 발음이 같음)'라고 생각했다.

그러다 마침내 노력에 보상이 있었다. 맑고 건조한 밤이었다. 공기는 차가웠고, 거리는 무도장 바닥처럼 깨끗했다. 바람이 없어 가로등 불빛은 흔들림 없이 빛과 그림자를 만들어냈다. 열 시쯤 상점들이 문을 닫자 뒷골목이 아주 한적해졌다. 사방에서 들려오는 런던의 낮은 소음과는 상관없이 조용한 편이었다. 멀리서 나는 작은 소리도 들렸고, 길 양쪽에 있는 집들에서 나는 소리도 들렸다. 제법 먼 데서 걸어오는 사람의 인기척까지 들릴 정도였다. 어터슨이 그 자리에 몇 분쯤 서 있는데, 가까이서 이상하게 가벼운 발소리가 들렸다. 그는 밤마다 나와서 지켰기에, 멀리 떨어진 곳에서도 웅웅대는 도시의 소음 속에서 갑자기 소리가 또렷해지는, 사람의 발소리가 주는 이상야릇한 효과를 잘 알고 있었다. 하지만 이처럼 날카롭고 결정적인 느낌이 든 적은 없었다. 어터슨은 분명하게 감을 잡을 수 있었다. 법정에 들어설 때 느껴지는 강한 성공 예감과 비슷한 느낌이었다.

발소리는 빠르게 가까워지더니, 갑자기 길 끝을 도는 소리가 났다. 길 어귀에 있던 어터슨은 자기가 맞닥뜨려야 할 사람을 알아볼 수 있었다. 체구가 작고 소박한 차림의 사내에겐, 보는 이의 마음을 거슬리게 하는 구석이 있었다. 그 사내는 시간을 아끼려고 길을 가로질러 그 집으로 곧장 향했다. 그는 자기 집이라도 되는 듯 주머니에서 열쇠를 꺼냈다.

그가 앞을 지날 때, 어터슨이 앞으로 나가 어깨를 잡았다.

「하이드 씨 맞소?」

하이드는 헉하고 숨을 쉬면서 몸을 움츠렸다. 하지만 그가 겁먹은 것은 잠시뿐이었다. 그는 어터슨을 똑바로 보지는 않았지만, 침착하게 대답했다.

「내가 하이드요. 무슨 일이오?」

「당신이 안으로 들어가리란 걸 알고 있소. 나는 지킬 박
사의 오랜 친구인데—가운트가에 사는 어터슨이오. —틀림
없이 내 이름을 들어봤을 거요. 마침 이렇게 만났으니, 나
를 집으로 들여보내 주시오.」

「지킬 박사는 만날 수 없을 거요,
집에 없으니.」

하이드가 열쇠에 입김을 뿜으며 대
답했다. 그는 고개도 들지 않고 불쑥
물었다.

「나를 어떻게 알았소?」

「내 부탁을 들어주겠소?」

어터슨 변호사가 물었다.

「그러지요. 무슨 부탁이오?」

하이드가 말했다.

「얼굴 좀 보여주겠소?」

변호사가 말했다.

하이드는 망설이는 눈치였지만, 갑자기 무슨 생각이라도
난 듯 무시하는 태도로 고개를 들었다. 그는 몇 초 동안 어
터슨의 눈을 똑바로 쳐다보았다.

어터슨이 말했다.

「이제 다시 당신을 만나면 알아볼 테니까 편리할 거요.」

하이드가 대답했다.

「그렇군요. 우리는 인사를 한 거요. 그건 그렇고, 내 주소도 알려드리겠소.」

그는 소호에 있는 거리 이름과 번지를 말해주었다.

'이런! 이자 역시 유언장을 생각하고 있었을까?'

어터슨은 속으로 중얼거렸다. 하지만 내색하지 않고, 주소를 알려준 것에 대해 고맙다는 인사만 했다.

하이드가 말했다.

「이제 어떻게 나를 알아본 건지 말해주시오!」

「설명을 듣고 알았소.」

「누가 설명을 했습니까?」

「당신과 나, 둘 다 아는 친구가 있소.」

어터슨이 대답했다.

「둘 다 아는 친구라고요? 그게 누구요?」

하이드가 쉰 목소리로 물었다.

「예를 들면 지킬 박사도 있고.」

어터슨 변호사가 대답했다.

「지킬 박사는 그런 말을 한 적이 없소. 당신이 거짓말을

할 줄은 몰랐군.」

하이드는 벌컥 화를 냈다.

「그런 말 마시오. 가당치 않소.」

어터슨이 말했다.

하이드는 야만적인 웃음을 터뜨리고는 곧 빠른 동작으로 문을 열고 집 안으로 사라져버렸다.

하이드가 들어간 뒤에도 어터슨은 불안한 마음으로 한참 동안 그 자리에 서 있었다. 그는 천천히 거리로 나와 한두 걸음 걷다가 멈춰서는, 깊은 고민에 빠진 사람처럼 손으로 이마를 짚었다. 그가 걸으면서 고민한 문제는 좀처럼 해결할 수 없는 종류의 것이었다. 하이드는 파리한 난쟁이 같았고, 꼭 집어 어디라고 말할 순 없어도 왠지 불구 같은 인상을 풍겼다. 기분 나쁜 미소하며, 비겁함과 뻔뻔함이 불쾌하게 뒤섞인 사람 같았다. 또 쉰 소리로 속삭였고, 갈라진 목소리로 말했다. 이 모든 것이 안 좋게 여겨졌지만, 그런 것만으로는 하이드에게서 느껴지는 묘한 혐오감과 두려움이 설명되지 않았다.

'뭔가 다른 게 있을 거야. 그게 뭔지 설명할 수는 없지만 다른 점이 분명히 있어. 아, 하느님. 저자는 인간 같지가 않아! 지하에 사는 동물 같다고나 할까? 아니면 펠 박사(역주-17세기 영국의 성직자로 후에 옥스퍼드 대주교가 됨) 같다고나 할까? 혹은 악한 영혼이 솟구쳐서 모습이 변한 것이라고나 할까? 아, 가여운 내 친구 헨리 지킬. 내가 어느 얼굴에서 사탄의 징표를 본다면 바로 자네 친구의 얼굴에서라네.'

뒷골목에서 모퉁이를 돌면, 오래된 멋진 주택이 모여 있는 광장이 있었다. 대단했던 저택은 쇠락해서, 지금은 아파트와 셋방으로 변해버렸다. 이곳에는 지도 만드는 이, 건축자, 가난한 변호사, 이런저런 사업의 중개인 등 온갖 부류의 사람이 살았다. 하지만 모퉁이 끝에서 두 번째 저택은 여전히 온전한 하나의 집이었다. 이 집의 문은 부유하고 안락한 분위기가 넘쳐났다. 물론 지금은 부채꼴 채광창에서 나오는 불빛을 제외하면 집 안팎이 어두웠다. 어터슨은 그 집으로 다가가서 문을 두드렸다. 잘 차려입은 나이 든 하인이 문을 열었다.

「지킬 박사는 집에 계신가, 풀?」

어터슨 변호사가 물었다.

「제가 알아보겠습니다, 어터슨 변호사님.」

풀이 손님을 맞이하면서 말했다.

그는 크고 천장이 낮은 홀로 어터슨을 안내했다. 바닥에는 돌이 깔려 있고, 활활 타오르는 (시골집 분위기가 나는) 난롯가는 따뜻했다. 방에는 값비싼 참나무 캐비닛이 있었다.

풀이 물었다.

「여기 난롯가에서 기다리시겠습니까, 아니면 식당에 불을 켜드릴까요?」

「여기 있겠네, 고맙네.」

어터슨이 대답했다. 그는 난로에 친 울타리로 다가가 몸을 숙였다. 지금 어터슨이 혼자 있는 이 방은 친구인 지킬 박사가 무척 좋아하는 곳이었다. 어터슨도 이 방을 런던에서 가장 아늑한 방이라고 말하곤 했다. 하지만 오늘 밤에는 오들오들 떨렸다. 하이드의 얼굴이 마음을 짓눌렀다. (좀처럼 없는 일이지만) 어터슨은 인생이 혐오스럽고 못마땅하게 느껴졌다. 기분이 우울해서, 반들거리는 캐비닛에 반사되는 불빛과 지붕에 드리워진 그림자도 위험스럽게 보였다. 풀이 다시 와서 지킬 박사가 외출했다고 알리자, 어터슨은 수치스러웠지만 마음이 놓였다.

「예전의 해부실로 하이드 씨가 들어가는 걸 봤다네, 풀. 지킬 박사가 집에 없는데 그래도 되나?」

「괜찮습니다, 어터슨 변호사님. 하이드 씨는 열쇠를 가지고 있습니다.」

하인이 대답했다.

「자네의 주인은 그 젊은이를 대단히 신뢰하는 것 같구먼, 풀.」

변호사가 놀란 듯 이야기를 꺼냈다.

「네, 그렇습니다. 저희 하인은 모두 그분께 순종하라는 지시를 받았습니다.」

풀이 대답했다.

「내가 전에 하이드 씨를 만난 적이 있던가?」

어터슨이 물었다.

「아, 그런 적은 없으실 겁니다. 그분은 여기서 식사하시지 않으니까요. 사실 저희도 집 이쪽에서는 그분을 거의 못 만난답니다. 주로 실험실로 드나드시거든요.」

「그렇군. 잘 있게, 풀.」

「안녕히 가십시오, 어터슨 변호사님.」

어터슨은 무거운 마음으로 집으로 향했다.

'지킬, 가여운 친구 같으니. 큰 난관에 빠져 있는 모양이군! 그도 젊을 때야 소란스러웠지. 분명히 오래전 일이긴 하지만, 신의 법에는 공소시효가 없으니. 틀림없이 과거에 저지른 일 때문이겠지. 감추어놓은 불명예스러운 일에 붙잡힌 게야. 기억에서 잊히고, 자신을 사랑해서 잘못을 용서한 지 오래인 벌을 이제야 받는 거라고. 복수를 당한 거지.'

그런 생각을 하자 어터슨 변호사는 와락 겁이 났다. 한참 자신의 과거를 회상하며 이런저런 기억을 떠올렸다. 과거의 잘못이 툭 튀어나와 세상에 밝혀지면 곤란했다. 그의 과거는 대체로 잘못이 없었다. 그렇게 흠 없는 삶을 살 수 있는 사람도 드물 것이다. 그러나 그는 잘못한 여러 일 때문에 겸손해졌다. 또 저지를 뻔했으나 피한 일 때문에 정신이 나고 겁이 나면서 고마운 마음이 들었다. 그리고 다시 처음 들었던 생각으로 되돌아가다가 퍼뜩 희망의 빛을 느꼈다.

'이 하이드란 작자도 조사해보면 그 외모로 보건대 혼자만의 검은 비밀이 있을 거야. 가여운 지킬이 최악의 일을 저질렀대도 하이드에 비하면 아무것도 아닐걸. 일이 이대로 굴러가게 내버려 둘 수는 없어. 이 작자가 도둑처럼 지킬의 침대 옆으로 다가가는 생각을 하니 오싹하군. 가여운 헨리, 잠에서 깨면 얼마나 놀랄까! 또 얼마나 위험한지! 이 하이드란 작자가 유서가 있는 걸 눈치채면, 상속을 받고 싶어서 안달이 날 테지. 아, 내가 나서야 해. ─ 지킬이 그러도록 허락만 해준다면.'

그는 속으로 중얼대다가 다시 되뇌었다.

'지킬이 허락만 해준다면.'

어터슨 변호사의 머릿속에 유서의 이상한 항목이 다시 한번 또렷이 떠올랐다.

마음 편한 지킬 박사

2주일 후 다행스럽게도 지킬 박사는 가까운 친구 대여섯 명을 유쾌한 만찬에 초대했다. 다들 지성적이고 평판이 좋은 신사들로, 좋은 와인을 가려낼 줄 알았다. 어터슨은 다른 사람들이 집으로 돌아간 후에도 남아 있으려고 했다. 전에 없던 일도 아니었다. 그는 다른 손님들이 돌아간 후, 주인과 남아 있는 경우가 많았다. 가볍게 아무 말이나 하는 손님들이 떠나면, 집주인들은 이 담담한 변호사를 붙잡고 싶어 했다. 그들은 신중한 어터슨과 마주 앉아서 호젓하게 있기를 좋아했다. 쾌활하고 떠들썩한 만남 후에, 어터슨의 풍요한 침묵에 푹 빠져서 각자 생각에 잠겼다. 이런 습관은 지킬 박사도 예외가 아니어서, 그는 벽난로 앞에 자리를 잡고 앉았다. —푸근하고 부드러운 얼굴의 이 쉰 살 먹은 신사는 은밀한 구석이 있었지만, 재능과 친절함이 넘치는 사람이었다. —그의 표정에 어터슨에게 느끼는 깊고 따뜻한 애정이 드러났다.

변호사가 말문을 열었다.

「자네와 이야기를 하고 싶었다네, 지킬. 자네 유서 말인데?」

누군가 찬찬히 지켜봤다면, 이것이 지킬 박사에게 불쾌한 화제임을 눈치챘을 것이다. 하지만 지킬 박사는 가볍게 받아넘겼다.

「가여운 어터슨, 이런 의뢰인을 상대하다니 자네도 운이 없지. 내 뜻 때문에 자네처럼 힘들어하는 사람은 처음 봤네. 그 고집불통의 융통성 없는 래니언만 빼고 말일세. 그 친구는 내 뜻을 '과학적인 이단'이라고 하더군. 그래, 래니언이 좋은 친구라는 건 아네. —그러니 인상 쓸 필요 없네. —뛰어난 사람이지. 늘 더 자주 만나고 싶다네. 그런데 그는 편협한 데다 무지하고 시끄러운 현학자지. 래니언보다 실망스러운 사람은 본 적이 없다네.」

어터슨은 그 이야기는 무시하면서 하던 말을 계속했다.

「내가 그걸 못마땅해한다는 것은 알고 있겠지.」

「내 유서 말인가? 그럼, 당연하지. 알고 있네. 자네가 그렇다고 말했잖은가.」

지킬 박사는 좀 날카롭게 대답했다.

「그 말을 다시 한번 하겠네. 하이드란 젊은이에 대해 들은 말이 있다네.」

어터슨 변호사가 말했다.

잘생긴 지킬 박사의 얼굴은 입술까지 파랗게 질렸고, 눈가가 까매졌다. 그가 말했다.

「더 듣고 싶지 않네. 난 우리가 이 이야기는 하지 않기로 합의한 줄 알았는데.」

「아주 안 좋은 말을 들었다네.」

어터슨 변호사가 말했다.

「그래도 변하는 건 없네. 자네가 내 입장을 몰라서 그래. 고통스런 상황이라네, 어터슨. 난 아주 해괴한 입장에 처해 있어. —정말로 묘한 상황이지. 말로 어떻게 해결할 수 있는 일이 아니라네.」

지킬 박사가 이상한 태도로 말했다.

「지킬, 자넨 내가 어떤 사람인지 알겠지. 날 믿어도 된다네. 속 시원히 밝혀보게. 내가 자네를 고초에서 구해줄 수

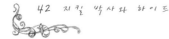

42 지킬 박사와 하이드

있을 거야.」

어터슨 변호사가 말했다.

「마음 좋은 어터슨, 자넨 좋은 사람이야. 정말로 좋은 사람이야. 무슨 말로 고마운 마음을 표해야 될지 모르겠군. 내게 선택권이 있다면 그 누구보다도 자네를 믿겠네. 나보다도 자네를 믿을 거야. 하지만 자네가 생각하는 것과는 다르다네. 그렇게까지 나쁜 것은 아니야. 자네가 마음을 놓을 수 있도록, 내 한 가지는 말해주지. 나는 내가 원하면 언제든 하이드에게서 벗어날 수 있다네. 그 점은 분명히 말하지. 또 거듭 고맙다고 말하고 싶네.

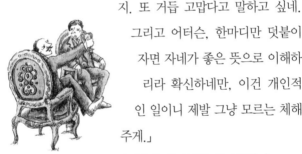

그리고 어터슨, 한마디만 덧붙이자면 자네가 좋은 뜻으로 이해하리라 확신하네만, 이건 개인적인 일이니 제발 그냥 모르는 체해주게.」

어터슨은 벽난로를 바라보았다.

마침내 그가 일어나며 말했다.

「자네 말이 전적으로 옳다고 믿겠네.」

지킬 박사가 대꾸했다.

「이 문제를 거론하는 것은 이번이 마지막이었으면 하네.

하지만 기왕에 이 이야기가 나왔으니, 자네가 이것 하나만 이해해주게. 나는 가여운 하이드에게 정말로 깊은 관심이 있다네. 자네가 그를 본 적이 있다는 걸 아네. 하이드가 그렇게 말하더군. 그가 무례했을 걸세. 하지만 나는 그 젊은 이에게 지대한, 굉장히 지대한 관심이 있다네. 그러니 어터슨, 내가 없어진다면 자네가 그를 맡아서 권리를 찾아주겠다고 약속해주게. 자네가 모든 걸 안다면 분명히 그렇게 해줄 거야. 자네가 약속해준다면, 난 마음의 짐을 덜게 될 걸세.」

「내가 그를 좋아하는 척할 수는 없네.」

어터슨 변호사가 말했다.

「내가 청하는 것은 그게 아니야. 다만 정의를 요청하는 것뿐일세. 내가 여기 없게 되면, 자네가 나 대신 그를 도와주게.」

지킬 박사는 친구의 팔을 잡으며 간청했다.

어터슨은 크게 한숨지으며 대답했다.

「그러지, 내 약속함세.」

커루 살인 사건

거의 1년이 지난 18××년 10월, 런던은 극악한 살인 사건에 경악했고, 희생자가 고위 인사라는 점에 더 놀랐다. 상세한 내용은 알려지지 않았다. 강에서 멀지 않은 곳에서 혼자 사는 하녀는 열한 시경에 자려고 침실로 올라갔다. 한밤중의 도시에는 안개가 자욱하게 끼지만, 그날은 밤이 깊어지기 전에는 구름이 없었다. 또 보름달이 떠서 창문으로 길이 훤히 보였다. 그녀는 낭만적인 상상을 하고 있었던 듯, 창 아래 의자에 앉아 공상에 빠져 있었다. 이때처럼 (그녀는 이 경험을 말할 때면 눈물을 줄줄 흘리면서 이렇게 말하곤 했다) 세상과 사람들에 대해 평화를 느껴

본 적도 없었다. 그렇게 앉아 있는데, 백발의 멋진 노신사가 길을 걸어오는 모습이 눈에 들어왔다. 그리고 체구가 작은 다른 남자가 그에게로 다가가는 것이 보였다. 처음에 하녀는 그에게 별로 관심을 두지 않았다. 두 사람이 대화할 만큼 가까워지자 (하녀가 앉은 곳 바로 아래였다) 노신사는 머리를 숙이고는 아주 예의 바른 태도로 그 남자에게 말을 걸었다. 그가 꺼낸 말은 아주 중요한 이야기는 아닌 듯했다. 그가 손짓을 하는 것으로 봐서 길을 묻는 것 같았다. 달빛에 비친 그의 말하는 얼굴은 보기에 좋았다. 순수하고 예스러운 친절한 몸가짐이면서도 자기만족에 젖은 기품 있는 태도였다. 곧 하녀의 눈은 상대 남자에게 향했고, 그가 하이드임을 알아본 그녀는 깜짝 놀랐다. 그녀는 주인집에 찾아온 그를 보고 못마땅하게 생각했던 적이 있었다. 하이드는 손에 든 묵직한 지팡이를 만지작거리면서 한마디도 대꾸하지 않고 안절부절못하며 노신사의 말을 듣고만 있었다. 그러다가 갑자기 벌컥 화를 내면서 발을 구르고 지팡이를 휘두르며 (하녀의 표현에 의하면) 미친 사람처럼 날뛰었다. 약간의 상처를 입은 노신사는 무척 놀라 한 발자국 뒤로 물러섰다. 그러자 하이드는 이성을 잃고 노신사를 지팡이로 때려 쓰러뜨렸다. 다음 순간, 그가 발광하면서 노신사

지킬 박사와 하이드

를 짓밟고 주먹질을 해대자 뼈가 부러지는 소리가 나고 노
신사는 길가로 튕겨 나갔다. 이 무서운 광경을 목격한 하녀
는 기절하고 말았다.

새벽 두 시, 정신을 차린 하녀가 경찰을
불렀다. 살인범은 사라진 지 오래였지만,
살해된 노신사는 길 가운데 널브러져 있었
다. 시신은 눈 뜨고 볼 수 없을 정도로 뭉개
져 있었다. 살인에 이용된 지팡이는 아주 딱딱
하고 무거운 희귀한 나무로 만든 것인데도, 범
인이 잔인하게 휘두른 통에 동강이 났다. 반쪽
은 근처 하수구로 굴러 가 있었고, 나머지는 살
인범이 가져갔음이 분명했다. 희생자는 몸에 지갑과 금시
계를 그대로 지니고 있었지만, 명함이나 서류는 없었다. 다
만 그가 우체통으로 가져가는 길이었던 듯, 우표를 붙인 봉
투가 나왔다. 봉인한 봉투에는 어터슨의 이름과 주소가 쓰
여 있었다.

다음 날 아침, 어터슨 변호사는 일어나기도 전에 이 봉투
를 전해 받았다. 그는 이것을 보고 상황을 듣자마자, 시무
룩하게 입술을 내밀었다. 변호사가 말했다.

「시신을 확인할 때까지는 아무 말도 안 하겠소. 이것은

아주 심각한 일이오. 옷을 갈아입을 때까지 기다려주시오.」

그는 우울한 표정으로 서둘러 아침 식사를 마치고 경찰서로 갔다. 시신은 그곳에 옮겨져 있었다. 그는 시신 보관소에 들어서기 무섭게 고개를 끄덕였다.

「맞소, 누군지 알아보겠소. 유감스럽지만 이 사람은 댄버스 커루 경이오.」

그가 말했다.

「세상에. 정말입니까?」

경찰관이 외쳤다. 그 순간 직업적인 열정으로 그의 눈이 반짝였다.

「보통 시끄럽지 않겠군요. 저희가 범인을 잡을 수 있도록 변호사님께서 도와주십시오.」

경찰관은 얼른 하녀가 목격한 내용을 말하고, 부러진 지팡이를 보여주었다.

어터슨은 이미 하이드란 이름에 움찔한 터였지만, 지팡이가 앞에 놓이자 더는 의심할 여지가 없었다. 부러지고 망가진 지팡이는 어터슨이 몇 해 전 헨리 지킬에게 선물한 것이었다.

「하이드라는 사람, 혹시 키가 작지 않습니까?」

어터슨이 물었다.

「그는 체구가 작고, 유난히 악하게 생겼다고 하녀가 말하더군요.」

경찰관이 답했다.

어터슨은 생각에 잠겼다가 고개를 들면서 말했다.

「나와 같이 마차를 타고 갑시다. 그자의 집으로 데려다 주겠소.」

이때가 아침 아홉 시경이었고, 막 안개가 끼기 시작하고 있었다. 하늘에 초콜릿색의 장막이 드리워졌지만 계속 불어대는 바람이 피어오르는 안개를 밀어냈기 때문에, 마차가 거리를 누빌 때 어터슨은 주위가 여러 색의 풍경으로 변하는 것을 볼 수 있었다. 이편이 저녁처럼 어두컴컴한 한편, 저편은 이상한 불꽃이 타오르듯 적갈색으로 물들었다. 또 이쪽은 잠시 안개가 완전히 걷히고, 몰려드는 사람들 사이로 햇살이 쏟아졌다. 이런 변화 속에서 힐긋 보이는 소호 지역은 음산했다. 진창길하며, 흐트러진 차림새의 사람들, 꺼진 적도 새로 켠 적도 없는 것 같은 길가의 가로등. 변호사의 눈에는 악몽 속의 도시처럼 보였다. 게다가 그의 마음속은 비할 데

없이 우울한 색으로 물들었다. 그는 자신의 동행인을 돌아보며 법과 법을 집행하는 자들이 주는 공포를 떠올렸다. 때때로 법과 집행자들은 가장 정직한 사람도 곤혹스럽게 만드는 법이다.

마차가 어터슨이 말한 주소지로 접어들 무렵, 안개가 조금 걷히면서 술집, 초라한 프랑스 식당, 싸구려 물건 가게, 허접한 식품점이 늘어서 있는 거무튀튀한 거리가 드러났다. 누더기 같은 차림의 아이들이 문간에 모여 있고, 여러 나라 출신의 여자들이 손에 열쇠를 쥐고 해장술을 하러 가고 있었다. 곧 다시 안개가 내리자 주변은 밤색으로 변했고, 을씨년스런 풍경도 더는 보이지 않았다. 헨리 지킬이 총애하는 자의 집이 여기 있었다. 25만 파운드를 상속받을 작자가 여기 살고 있었다.

상아색 얼굴에 백발인 노파가 문을 열고 나왔다. 그녀는 심술 사나운 얼굴에 위선자 같은 표정을 하고 있었지만, 예의범절은 깍듯했다. 노파는 하이드 씨의 집이 맞긴 한데 그는 지금 집에 없다고 말했다. 밤늦게 집에 와서 한 시간도 안 되어 다시 나갔지만 그게 이상할 것은 없다고, 하이드 씨는 늘 불규칙하게 산다고 했다. 또 집을 비우는 일이 잦아서 어제도 두 달 만에 처음 그를 본 것이라고 했다.

「잘 알겠소. 그럼 그의 방을 좀 보고 싶은데.」

변호사가 말했다.

노파가 그건 안 된다고 대답하자, 어터슨은 다시 말했다.

「그렇다면 이분이 누구신지 밝혀야겠군요. 경찰청의 뉴코멘 조사관이시오.」

노파가 밉살스럽게 반색하면서 환한 표정을 지었다.

「아! 그가 문제를 일으켰군요! 무슨 일을 저질렀나요?」

노파가 물었다.

어터슨과 조사관은 눈길을 교환했다.
조사관이 대답했다.

「그는 인기가 별로 없는 사람인 모양이군요. 이제, 부인. 나와 이 신사분이 한번 둘러보게 해주시지요.」

넓은 집에는 노파 외에는 아무도 없었고, 하이드는 방 두 개만 쓰고 있었다. 하지만 집은 호사스럽고 고급스런 취향으로 꾸며져 있었다. 찬장에는 포도주가 넘쳐났고, 식기는 은으로 만든 것이었다. 식탁보는 우아했으며, 벽에는 (어터슨의 짐작에) 헨리 지킬의 선물인 듯한 좋은 그림이 걸려 있었다. 지킬 박사는 그림을 잘 알았다. 카펫은 두툼하고 색상도 어울렸다. 하지만 방에는 최근에 서둘러서 뒤진 흔적이 남아 있었다. 바닥에 팽개쳐진 옷마다 주머니가 뒤집혀 있었다. 자물쇠가 달린 서랍이 열려 있고, 난롯가에는 막 종이를 태우기라도 한 듯 잿더미가 쌓여 있었다. 조사관은 잿불 사이에서 초록색 수표책 조각을 꺼냈다. 수표책의 끄트머리가 타지 않고 남아 있었다. 지팡이의 반쪽은 문 뒤에서 발견되었다. 조사관은 조사를 마무리 지으며 기뻐했다. 은행에 가보니, 살인자의 계좌에 수천 파운드가 예금되어 있었다. 경관은 아주 흡족해했다.

그가 어터슨에게 말했다.

「이제 된 것 같습니다. 그를 잡은 것과 다름없지요. 하이드는 틀림없이 제정신이 아니었을 겁니다. 그게 아니라면 지팡이의 반쪽을 남겨두지 않았겠지요. 또 무엇보다 수표책을 태우지 않았을 겁니다. 이 작자에게는 돈이 생명 줄입니다. 우리는 은행에서 기다리면서, 수배 전단을 나눠주기만 하면 됩니다.」

그러나 수배 전단을 만들기는 쉽지 않았다. 하이드의 얼굴을 아는 사람이 거의 없었고―사건을 목격한 하녀의 주인도 딱 두 번 봤다고 했다.―가족을 추적할 수도 없었다. 그의 사진이 남아 있지 않았으며 그를 본 적이 있는 사람들

도 각자 다르게 말했다. 그들이 공통적으로 말하는 것은 그의 생김새가 말로 설명할 수 없을 정도로 묘하게 뒤틀려 보인다는 점, 오직 그것뿐이었다.

편지 사건

늦은 오후, 어터슨은 지킬 박사의 집을 찾았다. 풀이 나와 어터슨을 맞이했다. 그는 주방을 지나 한때는 정원이었던 마당을 가로질러 실험실이나 해부실로 불리는 건물로 어터슨을 안내했다. 지킬 박사는 유명한 외과의의 상속인에게서 이 집을 샀다. 그의 취향은 해부보다는 화학 쪽이었기에, 정원 아래쪽에 있는 건물을 해부실에서 실험실로 용도를 바꾸었다. 어터슨이 친구의 집에서 이쪽 부분으로 안내된 것은 이번이 처음이었다. 그는 호기심 어린 눈으로 우중충하고 창 하나 없는 건물을 바라보았다. 계단식 강당을 지나가자니 이상하게도 못마땅한 기분이 밀려들었다. 한때는 공부에 열심인 학생들이 버글대던 곳에 이제는 황량함과 적막함만 감돌았다. 테이블 위에는 화학 장비가 놓여 있고, 바닥에는 상자와 포장용 짚이 흩어져 있었다. 둥근 천장으로 안개에 휩싸인 빛이 어슴푸레하게 새어 들어왔다. 저쪽 끝에 있는 계단을 올라가면 붉은 천으로 덮인 문이 나왔다. 어터슨은 마침내 이 문을 지나 지킬 박사의 방으로 들어갔다. 큰 방에는 유리 장이 있었고, 가구 사이에 전신 거울과 사무용 탁자가 있었다. 안뜰이 내다보이는 세 개의 창문에는 쇠창살이 달려 있었다. 벽난로에서는 불이 활활 타고, 난로 선반에 놓인 램프에도 불이 켜져 있었다. 집 안까지도 안개가 짙게 끼기 시작했다. 거기 따뜻한 자리에 지킬 박사가 몹시 아픈 모습으로 앉아 있었다. 그는 손님을 맞기 위해 일어나지는 않았지만, 차가운 손을 내밀어 친구에게 환영의 인사를 건넸다. 예전과는 사뭇 다른 목소리였다.

풀이 방에서 나가자마자 어터슨이 말했다.

「자네도 소식을 들었겠지?」

지킬 박사는 몸서리치면서 대답했다.

「광장에서 사람들이 비명을 지르더군. 우리 집 식당에서 그 소리를 들었네.」

변호사가 말을 이었다.

「한마디만 하겠네. 커루는 내 의뢰인이었지만, 그건 자네도 마찬가지지. 그러니 내가 어떻게 해야 될지 알고 싶네. 자네는 이 친구를 숨겨줄 만큼 정신이 나간 건 아니겠지?」

지킬 박사가 대꾸했다.

「어터슨, 하느님께 맹세컨대 다시는 그를 보지 않겠네. 내 명예를 걸고 자네에게 말하지. 난 이 세상에서 그와는 끝났네. 완전히 끝이 났어. 또 사실 그는 내 도움을 원하지도 않는다네. 자네는 나만큼 모르네. 그는 안전해. 아주 안전하다네. 내 말을 새겨듣게. 다시는 그의 소식을 들을 일이 없을 걸세.」

어터슨은 침울하게 이 말을 들었다. 열성적으로 말하는 친구의 태도가 왠지 석연치 않았다. 어터슨이 말했다.

「자네는 그에 대해 자신이 있는가 보군. 자네를 위해서도 그 말이 맞기를 바라네. 그가 법정에 선다면, 자네 이름도 언급될 테니 말이야.」

「난 그에 대해 자신이 있네. 확신할 만한 근거가 있다네. 비록 다른 사람에게는 밝힐 수는 없지만 말일세. 하지만 자네에게 조언을 구할 게 있네. 나는……, 나는 편지 한 통을 받았네. 이걸 경찰에게 보여줘야 할지 말아야 할지 모르겠어. 이 편지를 자네에게 맡기고 싶네, 어터슨. 자네가 현명하게 판단해주리라 믿네. 난 자네를 전적으로 신뢰하네.」

「이 편지로 인해 그자의 꼬리가 잡힐까 봐 두려운 모양이지?」

어터슨 변호사가 물었다.

「아닐세. 하이드를 걱정하는 건 절대 아니네. 그와는 완전히 끝났으니까. 나는 이 끔찍한 일로 인해 내 명성에 해가 될까 봐 염려하고 있을 뿐일세.」

지킬 박사가 대답했다.

어터슨은 한동안 생각에 잠겼다. 친구의 이기심에 놀랐지만 한편 다행스럽기도 했다. 마침내 그가 입을 열었다.

「그럼 편지를 보도록 하지.」

편지의 필체는 뜻밖에도 반듯했고, 서명은 '에드워드 하이드'라고 되어 있었다. 편지는 은인 지킬 박사에게 오랫동안 수없이 은혜를 입고도 신세를 못 갚았지만, 자신은 안전을 위해 도망쳐야 하며 자신에겐 달아날 방도가 있으니 염려 말라는 내용이었다. 어터슨 변호사는 이 편지에 무척 흡족했다. 두 사람은 그가 짐작하던 것보다 별것 아닌 관계인 듯싶었다. 그는 의심했던 자신을 책망했다.

「봉투를 갖고 있나?」

변호사가 물었다.

「아무 생각 없이 그냥 태워버렸다네. 하지만 봉투에 우체국 소인은 없었네. 사람을 시켜서 보내왔더군.」

지킬 박사가 대답했다.

어터슨이 물었다.

「내가 이 편지를 가져가서 하룻밤 동안 곰곰이 생각해봐도 되겠나?」

「모든 판단을 자네에게 맡기고 싶네. 나도 나 자신을 못 믿겠거든.」

지킬이 대답했다.

「내가 궁리해보도록 하지. 또 한 가지 더 있네. 유서에 실종된 경우에 대한 부분을 넣게 한 사람이 하이드였나?」

지킬 박사는 현기증이 나는 것 같았다. 그는 입을 꾹 다물고 고개를 끄덕였다.

어터슨이 말했다.

「그럴 줄 알았네. 그는 자네를 죽일 속셈이었던 게야. 자네가 잘 모면했네.」

지킬 박사가 진지하게 대답했다.

「난 그보다 더 큰 경험을 했다네. 교훈을 얻은 셈이지. 오, 하느님. 어터슨, 난 얼마나 대단한 교훈을 얻었는지 몰라!」

그는 잠시 양손으로 얼굴을 감쌌다.

어터슨 변호사는 밖으로 나오다가, 걸음을 멈추고 풀에게 한두 마디 물었다.

「오늘 집에 편지 한 통이 전달되었다던데, 편지를 가져온 사람이 어떻게 생겼던가?」

하지만 풀은 우체부가 가져온 우편물 외에는 배달된 편지가 없다면서, 우편물도 '광고 전단'뿐이었다고 덧붙였다.

이 말을 듣자 어터슨 변호사는 다시 겁이 났다. 편지는 실험실 문으로 들어왔음이 분명했다. 아니, 그것은 지킬 박사의 방에서 쓰였을 가능성도 있었다. 그렇다면 판단을 다르게 해야 했다. 더 신중하게 다룰 문제였다. 그가 길을 지날 때 신문팔이들이 쉰 목소리로 외쳐댔다.

「호외요! 하원 의원의 충격적인 살인 사건이오!」

그것은 의뢰인이기도 했던 친구의 죽음 소식이었다. 어터슨은 또 다른 친구의 평판이 추문에 휩싸이지 않도록 까다로운 결정을 내려야 했다. 그는 남에게 의존하는 성격이 아니었지만, 지금은 누군가의 조언이 아쉬웠다. 직접적으로 말을 꺼내지는 않더라도 에둘러서 조언을 얻을 수는 있을 것이었다.

얼마 후 그는 자기 방의 난롯가에 자리를 잡고 앉았다. 저쪽 끝에는 사무장 게스트가 앉았다. 두 사람 사이에는 불기운이 닿지 않는 곳에 오래된 포도주가 놓여 있었다. 볕이 들지 않는 지하실에서 오랫동안 보관한 술이었다. 비에 젖은 도시는 안개가 자욱했고, 가로등은 붉은 수정처럼 빛났다. 구름같이 부드러운 안개 사이로 사람들이 지나는 소리가 들렸다. 넓은 도로에서는 강풍이 부는 듯한 소리가 났다. 하지만 방 안은 불을 지펴 아늑했다. 포도주는 오래전에 신맛이 없어지고, 세월이 지나면서 좋은 와인으로 숙성되어 있었다. 언덕 기슭 포도밭에 쏟아졌던 따가운 가을의 빛이 풀려 나와 안개 낀 런던에 퍼질 찰나였다. 어터슨 변호사의 마음은 서서히 누그러졌다. 무슨 비밀이든 털어놓고 싶은 사람이 있다면 게스트였다. 사실 어터슨은 비밀을 잘 간직하는 사람도 아니었다. 게스트는 일 때문에 지킬 박사의 집에 자주 가봤고 하인인 풀도 알았다. 그는 하이드가 그 집에서 친근한 인물이라는 사실도 들어서 알고 있을 것이었다. 그러니 게스트는 결론을 낼 수 있을지도 몰랐다. 그 묘한 편지를 게스트에게 보여주는 게 좋지 않을까? 무엇보다 게스트는 필체에 대한 전문적인 지식이 있으니, 편지를 보이는 것은 당연하고도 꼭 필요한 과정이 아닐까? 게다가 그는 변호사 사무실에서 일하는 사람이었다. 이 이상한 편지를 읽으면 뭔가 특이한 점을 발견할 것이고, 어터슨은 거기서부터 앞으로의 방향을 결정할 수도 있을 것이었다.

그가 말했다.

「댄버스 경 일은 정말 유감이야.」

「네, 그렇습니다. 그 사건은 대단한 여론을 일으키고 있어요. 물론 범인은 미친 자일 겁니다.」

게스트가 대답했다.

「그 일에 대해서 자네의 견해를 듣고 싶네. 나는 여기 범인이 직접 쓴 편지를 가지고 있어. 우리끼리만 알아야 될 일이네. 아무리 잘 봐줘도 이건 흉한 일이거든. 이걸 보게. 살인범의 서명이라네.」

어터슨이 말했다.

게스트의 눈이 빛났다. 그는 재빨리 반듯하게 앉아서 진지하게 편지를 살폈다.

「아닙니다, 변호사님. 미친 사람이 아닙니다. 하지만 이상한 필체군요.」

「모든 것으로 미루어 볼 때 아주 이상한 사람이기도 하지.」

변호사가 맞장구쳤다.

그때 하인이 편지 한 통을 가지고 들어왔다.

게스트가 물었다.

「지킬 박사님이 보내신 겁니까? 제가 그분 필체를 알거든요. 사적인 내용인가요, 어터슨 변호사님?」

「그냥 저녁 식사 초대장일 뿐이네. 왜 그러나? 편지를 보고 싶은가?」

「잠시만 봐도 될까요? 감사합니다.」

사무장은 두 장의 편지를 나란히 놓고, 꼼꼼하게 글씨를 비교했다. 마침내 게스트가 편지 두 장을 돌려주면서 말했다.

「잘 봤습니다. 아주 흥미로운 서명이군요.」

잠시 정적이 흘렀다. 그 사이 어터슨은 마음속으로 고민했다. 그가 불쑥 물었다.

「왜 그 두 편지를 비교했나, 게스트?」

「글쎄요, 변호사님. 두 필체는 여러 면에서 비슷한 점이 있습니다. 다만 기울기가 좀 다를 뿐입니다.」

「정말 이상하군.」

어터슨이 말했다.

「말씀하신 대로입니다. 정말 이상하네요.」

게스트가 대답했다.

「알고 있겠지만 난 이 편지에 대해서는 말하고 싶지 않네.」

「그러시겠지요. 이해합니다.」

게스트가 말했다.

하지만 그날 밤 어터슨은 혼자 있게 되자마자 편지를 금고에 넣었다. 그때부터 편지는 계속 그곳에 보관되었다.

'맙소사! 헨리 지킬이 살인범을 위해서 편지를 위조하다니!'

그는 속으로 외쳤다. 피가 얼어붙는 기분이었다.

래니언 박사에게 일어난
이상한 사건

시간이 흘렀다. 댄버스 경의 죽음이 대중의 상처로 받아들여져서 수천 파운드의 현상금이 걸렸다. 하지만 하이드는 세상에 없는 사람처럼 수사망에서 벗어나 사라져버렸다. 그의 과거가 파헤쳐졌는데, 하나같이 불명예스러운 얘기뿐이었다. 냉정하고 폭력적인 잔인함과 수치스러운 생활, 그리고 미심쩍은 친구들과, 그의 이력을 둘러싼 반감 등 여러 이야기가 쏟아져 나왔다. 그러나 그가 현재 어디 있는지에 대해서는 아는 사람이 아무도 없었다. 살인 사건이 있던 날 아침, 소호에 있는 집을 떠난 후로 하이드는 모습을 감춰버렸다. 시간이 흐르면서 어터슨 변호사는 점차 불안에서 벗어나 평온을 되찾아갔다. 댄버스 경의 죽음 덕분에 어쨌든 하이드가 사라지는 효과를 봤다는 게 어터슨의 판단이었다. 이제 악영향에서 벗어난 지킬 박사는 새로운 생활을 시작했다. 그는 은둔 생활을 털고 친구들과 새로이 관계를 맺었다. 다시 친밀한 손님이자 흥을 돋우는 사람이 되었다. 그는 언제나 자선가로 유명했지만, 이제는 신앙심도 그에 못지않게 깊어졌다. 지킬 박사는 바쁘게 생활하고, 야외로 자주 나갔으며, 선행을 베풀었다. 그는 남을 위해 봉사를 하면서 표정도 밝아지고 활달해졌다. 평화로운 생활은 두 달 넘게 계속됐다.

1월 8일, 어터슨은 몇 사람과 지킬 박사의 집에서 식사를 했다. 래니언도 그 자리에 있었다. 지킬 박사는 세 사람이 단짝이었던 옛날처럼 두 친구의 얼굴을 차례로 바라보았다. 12일과 14일에는 어터슨이 지킬 박사를 찾아갔지만 만나지 못했다.

「박사님은 집에 틀어박혀서 아무도 만나지 않으려 하십니다.」

풀이 말했다.

지킬 박사와 하이드

15일에 다시 찾아갔지만 역시 만날 수 없었다. 지난 두 달간 매일같이 지킬 박사와 만나왔던 어터슨은 지킬이 다시 고독을 택했다는 사실에 마음이 무거워졌다. 닷새째 되는 밤에 그는 게스트와 식사를 했고, 엿새째 되는 날에는 래니언 박사의 집에 찾아갔다.

적어도 문전박대를 당하지는 않았지만, 안으로 들어갔을 때 어터슨은 친구의 달라진 모습을 보고 깜짝 놀랐다. 래니언 박사의 얼굴에는 죽음의 그림자가 깊게 드리워져 있었다. 발그레하던 얼굴은 창백해졌고, 살이 빠진 모습이었다. 눈에 띄게 머리가 벗겨져서 더 늙어 보였다. 하지만 어터슨의 눈을 끄는 것은 이런 신체적인 변화가 아니었다. 래니언 박사의 눈빛과 태도는 마음속 깊이 자리한 공포를 그대로 드러내고 있었다. 그가 죽음을 두려워할 것 같지는 않았지만 어터슨은 죽음에 대한 두려움 때문이라고 믿고 싶었다. 그는 생각했다.

'그래, 래니언은 의사니까 자기 상태를 알 거야. 그날이 가까워오고 있다는 걸 알아서 그런 게지. 사정을 훤히 아니 더욱 참을 수가 없겠지.'

하지만 어터슨이 안색이 안 좋다는 말을 했을 때, 래니언은 단호한 말투로 자기는 곧 죽을 거라고 말했다.

「나는 충격을 받았다네. 거기서 헤어나지 못할 걸세. 겨우 몇 주나 버틸 수 있을까. 그동안은 유쾌한 삶을 살았지. 내 인생이 좋았어. 그렇다네, 전에는 내 삶이 마음에 들었지. 이따금 이런 생각을 한다네. 모든 것을 안다면 우린 더욱 기쁘게 벗어날 거라고 말이야.」

「지킬도 아프다네. 최근에 그 친구를 본 적이 있나?」

어터슨이 물었다.

래니언의 표정이 변하더니 그는 떨리는 손을 들어 손사래를 쳤다.

「지킬 박사에 대해서는 보고 싶지도, 듣고 싶지도 않네. 나는 그 친구와는 완전히 끝났네. 나는 그를 죽었다고 여기고 있으니 그에 대한 이야기는 하지 않았으면 좋겠네.」

그는 크지만 흔들리는 목소리로 말했다.

「쯧쯧.」

어터슨은 혀를 차고는 한참 말이 없다가 다시 말했다.

「내가 할 일이 없겠나? 우리 셋은 아주 오랜 친구네, 래니언. 서로 그러면 안 되네.」

「할 수 있는 일은 없네. 그에게나 물어보게.」

래니언이 대꾸했다.

「그는 날 만나고 싶어하지 않네.」

어터슨이 말했다.

「놀랄 일도 아니지. 어터슨, 언젠가 내가 죽은 후에 자네도 이 일의 내막을 알게 될 걸세. 내가 자네에게 말해줄 수는 없네. 그러니 나와 앉아서 다른 이야기를 하려거든 그대로 있고, 이 저주스러운 얘기를 계속 해야겠거든 제발 가주게. 난 참을 수가 없으니까.」

어터슨은 집에 돌아오자마자 앉아서 지킬 박사에게 편지를 썼다. 왜 찾아가도 만나주지 않는지, 래니언과는 왜 안 좋게 관계를 끝냈는지를 물었다. 다음 날 그는 긴 답장을 받았다. 아주 애절한 말이 자주 나오고, 가끔 모호하고 알쏭달쏭한 대목도 있었다. 래니언과의 다툼은 어쩔 수 없는 것이었다고 했다.

나는 우리의 옛 친구를 탓하지 않네만, 우리가 만나서는 안 된다는 그의 의견에는 동의하네. 지금부터는 완전히 고립된 생활을 할 작정이네. 내가 자네까지도 만나지 않는다고 해도 놀라지도, 나의 우정을 의심하지도 말아주게. 내가 어두운 길을 가도록 내버려 두게. 자네에게 자세히 말할 순 없지만 나는 벌을 받고 위험을 당할 만한 일을 저질렀네.

내가 가장 큰 죄를 지은 죄인이라면, 고난도 가장 큰 것으로 받아야겠지. 이렇게 무기력하게 고통과 공포를 당할 곳은 없는 것 같네. 어터슨, 자네가 이 운명을 덜기 위해 해줄 일은 한 가지 뿐이네. 바로 내 침묵을 존중해주는 것일세.

헨리 지킬.

어터슨은 놀랐다. 하이드의 어두운 영향력이 사라졌고, 지킬 박사는 예전처럼 일하고 교제하는 생활로 돌아와 있었다. 일주일 전만 해도 그는 활기차고 명예롭게 나이 들 것을 기대하며 미소를 지었다. 그런데 이제 우정도, 마음의 평화도, 인생의 모든 행로도 망가져 버렸다. 그것은 광기로밖에 볼 수 없는 갑작스러운 변화였다. 하지만 래니언의 태도와 말로 미루어 분명히 더 깊은 사연이 있을 것이었다.

일주일 후 래니언 박사는 자리에 누웠고, 2주일이 채 안 되어 세상을 떠났다. 장례식을 치른 날 밤, 어터슨은 슬픔에 잠겨 사무실 문을 잠그고 서글픈 촛불 옆에 앉았다. 그리고 죽은 친구가 쓰고 봉인한 봉투를 꺼냈다.

「사신私信 : 어터슨만 볼 것이며, 그가 먼저 사망할 시에는 읽지 말고 폐기할 것.」

받는 사람의 주소란에는 그렇게 강조되어 있었다. 어터슨은 봉투 안에 든 것을 보기가 두려웠다. '오늘 한 친구를 땅에 묻었는데, 이것 때문에 다른 친구를 잃게 되면 어쩌나?' 하는 생각이 들었다. 그러나 곧, 두려움은 친구에 대한 배신이라 느낀 어터슨은 봉투를 열었다. 안에는 다른 봉투가 들어 있었고, 똑같은 봉인이 되어 있었다. 겉봉에 '헨리 지킬 박사가 죽거나 실종될 때까지는 개봉하지 말 것'이라고 적혀 있었다. 어터슨은 자신의 눈을 믿을 수가 없었다. 그랬다. '실종'이라고 쓰여 있었다. 오래전 주인에게 돌려준 어처구니없는 유서에서도 그 말이 나왔는데, 여기 또다시 실종이란 말과 헨리 지킬의 이름이 함께 등장했다. 하지만 지킬의 유서에 그런 말이 나온 것은 하이드의 사악한 제의 때문이었다. 유서에서는 너무나 분명하고 무시무시한 목적을 담고 있는 말이었다. 그렇다면 래니언이 쓴 이 말은 무엇을 뜻하는 걸까? 어터슨에게 커다란 호기심이 솟구쳤다. 보지 말라는 권고를 무시하고 당장 비밀 속으로 뛰어들고 싶었다. 하지만 변호사로서의 명예와 죽은 친구에 대한 신의 때문에 그럴 수가 없었다. 그는 개인 금고 깊숙이 편지를 넣어두었다.

호기심은 억누른다고 해서 완전히 극복되는 것이 아니다. 그날부터 어터슨이 전과 같이 지킬 박사와의 만남을 바랐는지에 대해서는 미심쩍은 구석이 있다. 그는 지킬 박사를 걱정했지만, 이런저런 두려운 생각이 들었다. 친구를 만나러 가면서도 지킬이 만남을 거부하면 안심이 되었다. 스스로를 감금하여 수수께끼처럼 홀로 지내는 은둔자와 앉아 이야기하는 것보다 바람이 통하는 문간에서 도시의 소리에 휩싸여 풀과 이야기를 나누는 게 나았다. 사실 풀은 유쾌한 소식을 전해주지 않았다. 지킬 박사는 실험실보다는 작은 방에 틀어박혀 지내는 시간이 더 많은 것 같았다. 그는 가끔 그곳에서 자기까지 한다고 했다. 지킬은 기운 없이 지냈고, 말수가 줄었으며, 책도 보지 않았고, 무슨 생각인가 골똘히 하는 눈치였다. 어터슨은 집사가 전해주는 이런 이야기에 익숙해져서, 지킬의 집에 가는 횟수가 점점 줄어들었다.

창가에서 일어난 일

일요일, 어터슨 변호사는 엔필드와 함께 산책을 나섰다가 그 뒷골목에 다시 가게 되었다. 그 집 앞에 이르자 두 사람은 걸음을 멈추고 집을 바라보았다.

엔필드가 말했다.

「그 이야기는 적어도 결말에 이르렀군요. 하이드를 두 번 다시 볼 일은 없을 테니.」

「나도 그러길 바라네. 내가 그를 한 번 보고, 자네와 똑같이 혐오감을 느꼈다는 말을 했던가?」

어터슨이 물었다.

「그를 보면 그런 기분을 안 느낄 수가 없지요. 그런데 전여기가 지킬 박사님 댁으로 이어지는 길인 줄도 몰랐으니얼마나 바보 같아 보였을까요! 제가 그 사실을 알게 된 건일부는 변호사님 때문이에요.」

「자네도 알아차린 모양이지? 하지만 그렇다 해도 우리가마당에 들어가서 창문을 살펴볼 수는 있겠지. 솔직히 말하자면 나는 가여운 지킬이 염려스럽다네. 밖에나마 친구가찾아온 것을 알면 그에게 도움이 될 것 같아.」

안마당은 몹시 서늘하고 습했다. 해 질 녘의 높은 하늘은아직 밝았지만, 마당에는 어둠이 내리기 시작했다. 세 개의창문 중 가운데 창이 반쯤 열려 있었다. 우울한 죄수처럼창가에 앉아 슬퍼 보이는 얼굴을 하고 있는 사람이 있었다.어터슨은 그가 지킬 박사임을 알아보았다.

어터슨 변호사가 소리쳤다.

「이런! 지킬! 몸이 좀 나았나 보군!」

「아주 안 좋은 상태라네. 몹시 안 좋아. 다행히 이것도 오래가지는 않을 걸세.」

지킬 박사가 쓸쓸하게 대답했다.

「집 안에만 너무 오래 있어서 그래. 밖으로 나와서 엔필드와 나처럼 바람이라도 쐬게. (이 친구는 내 친척인 엔필드라

네. 엔필드, 지킬 박사네.) 이리 나오게. 모자를 쓰고 얼른 우리랑 한 바퀴 도세나.」

「자네는 참 좋은 친구야.」

지킬 박사는 한숨을 내쉬었다.

「나도 그러고 싶네만, 아닐세. 아니, 아니야. 그럴 수가 없네. 감히 못 그러지. 하지만 어터슨, 자네를 보니 정말 반갑구먼. 내겐 커다란 기쁨일세. 자네와 엔필드 씨에게 올라오라고 청하고 싶지만 집 안 꼴이 엉망이라서 말이야.」

어터슨 변호사가 너그러운 말투로 대꾸했다.

「그럼 우리가 여기 이렇게 선 채로 자네와 이야기하는 게 최선이겠구먼.」

「내가 자네에게 부탁하려던 게 바로 그걸세.」

지킬 박사는 싱긋 웃으며 대답했다. 하지만 그 말은 거의 들리지 않았다. 그의 얼굴에서 미소가 사라지기 무섭게 공포와 절망에 찬 표정이 떠올랐다. 밑에 있던 두 사람은 피가 얼어붙는 것 같았다. 창문이 바로 닫혔기 때문에 그들이 지킬 박사의 얼굴을 본 것은 순식간의 일이었다. 하지만 그것만으로도 충분했다. 그들은 한마디도 하지 않고 몸을 돌려 안뜰에서 나왔다. 그리고 역시 말없이 골목을 지났다. 그 부근을 완전히 벗어나 일요일인데도 사람들이 붐비는 한길에 들어설 때까지 입을 열지 않았다. 마침내 어터슨 변호사가 엔필드에게 고개를 돌렸다. 둘 다 얼굴이 창백했고, 눈빛은 겁에 질려 있었다.

어터슨이 말했다.

「하느님이 우리를 용서하시길. 용서하시길!」

하지만 엔필드는 심각하게 고개만 끄덕일 뿐이었다. 두 사람은 다시 입을 다문 채 발걸음을 옮겼다.

마지막 밤

어느 날 저녁, 어터슨이 식사를 마치고 난롯가에 앉아 있는데 풀이 찾아왔다. 변호사는 깜짝 놀랐다.

「이런, 풀. 무슨 일로 여기까지 왔나?」

어터슨은 다급히 묻고 잠시 그를 바라보았다. 그리고 덧붙여 물었다.

「무슨 일인가? 박사가 아픈가?」

「어터슨 변호사님, 뭔가가 잘못되었습니다.」

변호사가 말했다.

「일단 의자에 앉게. 여기 포도주를 한 잔 마시게나. 이제

여유를 갖고, 하고 싶은 말이 뭔지 분명하게 말해보게.」

풀이 말했다.

「박사님이 어떠신지 변호사님도 아시지요. 집 안에만 계시는 것도 아실 겁니다. 그런데 집 안에서도 연구실에만 틀어박혀 지내십니다. 그게 마음에 걸립니다. 정말 걱정이 됩니다. 어터슨 변호사님, 저는 두렵습니다.」

「자, 이보게. 알아들을 수 있게 말해보게. 뭐가 두렵단 말인가?」

어터슨이 물었다.

「일주일 전부터 두려워지기 시작했습니다. 이제 더는 못 참겠습니다.」

풀은 질문에 답하지 않고, 이미 한 말을 되풀이했다.

표정으로 보아 두렵다는 그 말은 사실인 듯했다. 태도가 예전 같지 않았고, 처음 두렵다는 말을 했을 때를 빼면 어터슨의 얼굴을 똑바로 쳐다보지도 않았다. 지금도 풀은 포도주 잔을 입에도 대지 않은 채 무릎에 올려놓고 바닥 구석만 내려다보고 있었다.

「더는 못 참겠습니다.」

그는 같은 말을 되뇌었다.

어터슨 변호사가 말했다.

「알겠네. 자네가 그럴 만한 이유가 있겠지, 풀. 뭔가 단단히 잘못된 게 있구먼. 그게 뭔지 내게 말해보게.」

「미심쩍은 일이 벌어졌다는 생각이 듭니다.」

풀이 쉰 목소리로 대답했다.

「미심쩍은 일이라니?」

변호사가 소리쳤다. 몹시 겁나고, 그 때문에 짜증스러운 말투였다.

「미심쩍은 일이라니! 대체 그게 뭔가?」

「감히 말씀드리지 못하겠습니다. 저와 같이 가셔서 직접 봐주시겠습니까?」

풀이 물었다.

어터슨은 대답 대신 자리에서 일어나 모자와 코트를 챙겼다. 그리고 그는 풀의 얼굴에 떠오른 안심하는 듯한 표정과 풀이 건드리지도 않고 내려놓은 포도주 잔을 의아하게 바라보았다.

3월의 밤은 춥고 썰렁했다. 바람에 기운 듯 달이 기우뚱하게 떠서 희미하게 빛났다. 아주 투명하고 얇은 천 조각이 날아다니는 것 같았다. 바람이 불어서 대화를 나누기가 힘들었고, 얼굴에 피가 쏠렸다. 거리에는 지나는 사람이 거의 없었다. 어터슨은 이 지역이 이렇게 적막한 것을 본 적이 없다는 생각을 했다. 사람을 만나고 싶었다. 그는 이런 마음을 평생 처음으로 느꼈다. 아무리 생각하지 않으려 해도 큰 재앙이 일어날 것 같은 예감이 들었다. 광장에 도착하니 바람이 쌩쌩 불고 먼지가 날렸다. 정원의 앙상한 나무들은 난간을 따라 휘청거렸다. 한두 걸음 앞서 걷던 풀은 인도 가운데 멈춰 섰다. 날씨가 추운데도 그는 모자를 벗어 빨 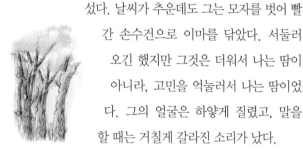 간 손수건으로 이마를 닦았다. 서둘러 오긴 했지만 그것은 더워서 나는 땀이 아니라, 고민을 억눌러서 나는 땀이었다. 그의 얼굴은 하얗게 질렸고, 말을 할 때는 거칠게 갈라진 소리가 났다.

풀이 말했다.

「변호사님, 다 왔군요. 잘못되는 일이 없었으면 좋겠습니다.」

「동감이네, 풀.」

어터슨이 말했다.

풀은 몹시 경계하는 태도로 문을 두드렸다. 사슬이 걸린 채 조금 열린 문 틈으로 누군가 말했다.

「집사님이세요?」

「그래, 나야. 문 열어.」

풀이 말했다.

안에 들어서니, 복도는 환하게 불이 켜져 있고 난로에서도 불꽃이 타올랐다. 난로 주위에는 남자, 여자 할 것 없이 하인들이 모두 모여 있었다. 어터슨을 본 한 하녀는 울음을 터뜨렸고, 요리사는 「오, 하느님! 어터슨 변호사님이시군요!」라고 외치면서 껴안을 듯이 달려왔다.

「뭐야? 이게 뭔가? 모두들 왜 여기 모여 있는 건가? 아주 별난 일이군. 이럴 수가 있나. 자네들 주인이 보면 좋아하지 않겠는걸.」

어터슨이 못마땅한 말투로 말했다.

「다들 겁이 나서 그럽니다.」

풀이 말했다.

침묵이 이어졌고 아무도 부인하지 않았다. 조금 전의 그 하녀만이 목소리를 높여 더 크게 울었다.

「입 다물지 못해!」

풀이 하녀에게 말했다. 사나운 말투로 봐서 그도 신경이 곤두선 것 같았다. 사실 하녀가 갑자기 크게 울자, 하인들은 모두 겁먹은 표정으로 안쪽 문 쪽으로 몸을 돌리기 시작했다. 풀은 심부름꾼 소년에게 말했다.

「자, 촛불을 가져다 다오. 곧 일이 잘 끝날 거야.」

그러더니 그는 어터슨에게 따라오라고 청하고 뒷마당으로 나갔다.

풀이 말했다.

「변호사님, 최대한 소리 나지 않게 걸어주십시오. 변호사님은 안에서 나는 소리를 들으시고, 안에서는 변호사님의 기척을 못 들으셔야 하니까요. 또 염두에 두셔야 할 게 있습니다. 혹시 안에서 들어오라고 청하셔도 절대로 들어가시면 안 됩니다.」

이 예상할 수 없는 결말 때문에 어터슨은 긴장한 나머지 경련하여 하마터면 균형을 잃을 뻔했다. 하지만 용기를 내서 풀을 따라 실험실 건물로 들어갔다. 두 사람은 나무 상자와 병 무더기가 아무렇게나 굴러다니는 수술 강의실을 지나 계단 앞에 이르렀다. 여기서 풀은 한쪽으로 서서 잘 들어보라는 몸짓을 했다. 그리고는 초를 내려놓고 마음을 단단히 먹은 뒤 계단을 올라가 문을 두드렸다. 붉은 천을 댄 연구실의 문을 두드리는 손길이 자신 없어 보였다.

「주인님, 어터슨 변호사님께서 만나고 싶어하십니다.」

그는 외치면서, 다시 어터슨에게 귀를 기울이라는 몸짓을 했다.

「아무도 만날 수가 없다고 전해주게.」

안에서 불평하는 듯한 목소리가 들렸다.

「알겠습니다.」

풀이 그럴 줄 알았다는 말투로 대답했다. 그는 촛불을 들고 어터슨 변호사와 함께 마당을 지나 부엌으로 돌아왔다. 난로의 불은 꺼져 있고, 바닥에는 딱정벌레들이 폴짝폴짝 뛰어다니고 있었다.

풀이 어터슨의 눈을 똑바로 보면서 말했다.

「변호사님, 저희 주인님의 목소리 같았습니까?」

「많이 변한 것 같더군.」

어터슨이 대답했다. 그는 창백해져서 풀의 표정을 살폈다.

「변했지요? 네, 제 생각도 그렇습니다. 제가 이 댁에서 주인님을 20년 동안 모셨는데, 주인님의 목소리도 못 알아듣겠습니까? 그렇습니다. 주인님은 없어지셨어요. 여드레 전에 살해당하신 겁니다. 그날 저희는 신의 이름을 부르짖는 소리를 들었습니다. 주인님 대신 저기에 있는 자는 누구이며, 왜 저기 저렇게 머물고 있는 것일까요? 정말이지 하늘에 대고 묻고 싶습니다, 어터슨 변호사님!」

「아주 이상한 이야기구먼, 풀. 정말 어처구니가 없어.」

어터슨이 손가락을 깨물며 말을 이었다.

「만약 자네가 짐작하는 대로, 지킬 박사가 살해됐다면 살인범은 뭣 때문에 저기 남아 있겠나? 그건 말이 안 되는 얘기네. 이해가 되지 않는 얘기란 말일세.」

「글쎄요. 변호사님을 납득시키기는 어렵겠지만, 그래도 제가 말씀드려보겠습니다. 지난주 내내 (변호사님도 아실 테지만) 연구실에서 버티고 있는 자는 밤낮없이 어떤 약을 가져오라고 소리를 질러댔습니다. 하지만 마음에 맞는 것을 얻지 못했지요. 가끔 종이에 지시 사항을 적어서 계단에 던지는 것이 그의—주인님의—방식이었습니다. 이번 주에 본 것은 그뿐입니다. 쪽지와 닫힌 문만 보았지요. 그리고 식사를 거기 두면 아무도 안 볼 때 슬쩍 가지고 들어갔습니다. 변호사님, 매일, 아니 하루에도 두세 번씩 지시와 불평이 쏟아졌고, 저는 시내에 있는 도매 약품상을 찾아다녔습니다. 제가 물건을 가져올 때마다 불순물이 섞여 있는 약이니 돌려보내라는 쪽지가 나왔습니다. 다른 약품상에 다시 주문을 넣으라는 지시였지요. 그게 무슨 약인지 몰라도 간절히 원하고 있는 게 분명합니다, 변호사님.」

「그 쪽지들 중 가지고 있는 게 있나?」

어터슨 변호사가 물었다.

풀은 주머니를 뒤지더니 구깃구깃한 종이를 꺼냈다. 어터슨은 촛불 옆으로 다가가서 신중하게 내용을 살폈다. 종이에는 이렇게 적혀 있었다.

지킬 박사가 모우 상회에 경의를 표합니다. 지난번에 보내주신 샘플은 불순물이 섞여 있어서 현재 지킬 박사가 필요로 하는 용도로 쓸 수가 없습니다. 18××년에 지킬 박사는 모우 상회에서 이 약을 대량으로 구입한 적이 있습니다. 그 약을 꼼꼼히 찾아봐 주시기를 부탁드립니다. 그리고 같은 품질의 약이 얼마간이라도 남아 있다면 즉시 보내주시기 바랍니다. 가격은 얼마가 되든 상관없습니다. 이 일이 지킬 박사에게 얼마나 중요한지는 이루 말로 표현할 수가 없습니다.

여기까지는 대체로 침착하게 쓰였지만, 다음 대목에서 갑자기 글쓴이의 감정이 흩어진 듯 펜 자국이 산란해졌다. 거기에는 「제발 부탁이니 옛날 약을 찾아주시오」라는 글귀가 덧붙여져 있었다.
어터슨 변호사가 말했다.

「이상한 편지로군.」

그리고 날카롭게 물었다.

「자네는 이 편지를 어떻게 열어보았나?」

「모우 상회 사람이 몹시 화를 내더니 그게 쓰레기라도 되는 양 제게 던져버렸습니다.」

풀이 대답했다.

「이건 의심할 여지 없이 지킬 박사의 글씨로군. 그렇지 않은가?」

「비슷하다고 생각했습니다.」

풀이 샐쭉하게 대답했다. 그러고는 곧 말투를 바꾸어 다시 말했다.

「하지만 필체가 중요합니까? 제가 두 눈으로 본걸요!」

「자네가 봤다고? 그래?」

어터슨이 되물었다.

「그렇습니다. 일이 이렇게 되었지요. 제가 정원에서 불쑥 강의실로 들어갔습니다. 그는 약이나 다른 물건을 찾으려고 살그머니 나왔던 것 같습니다. 연구실 문이 열려 있었고, 그는 강의실 구석에서 상자들을 뒤지고 있었지요. 제가 들어가자 그는 고개를 들더니 비명을 지르면서 냅다 계단을 뛰어 올라가 연구실로 들어갔습니다. 그를 본 것은 잠깐

뿐이었지만, 머리칼이 쭈뼛 곤두서더군요. 변호사님, 그가 제 주인님이었다면 왜 얼굴에 복면을 했을까요? 제 주인님이었다면 왜 쥐처럼 비명을 지르면서 달아났을까요? 저는 오랫동안 주인님을 모셔왔습니다. 그런데 왜…….」

풀은 말을 잇지 못하고 얼굴을 두 손에 묻었다.

어터슨 변호사가 말했다.

「정말 이상하기 짝이 없는 상황이군. 하지만 이제 알 것 같아. 풀, 자네의 주인은 몹시 고통스럽고 모습이 추하게 변하는 병마에 사로잡힌 걸세. 그 때문에 목소리가 변한 거지. 그 때문에 복면을 쓰고 친구들을 피하는 거고. 그래서 그렇게 약을 구하고 싶어 안달했던 거야. 가여운 영혼이 완전히 병을 고칠 희망은 그 약에 걸려 있는 걸세. 그의 소망이 이루어지기를! 나는 그렇게 생각한다네. 풀, 이것은 슬픈 일이고, 생각하면 무시무시한 일이지. 하지만 간단하고 자연스런 설명일세. 앞뒤가 맞아떨어지지. 우리는 불안감을 덜어도 좋을 거야.」

창백해진 풀은 어터슨에게 고개를 돌리고 말했다.

「변호사님, 그는 제 주인님이 아니었습니다. 분명합니다. 제 주인님은…….」

그는 이 대목에서 주위를 둘러보더니 속삭이는 소리로

말을 이었다.

「주인님은 키가 크고 체격이 좋으십니다. 그런데 그자는 난쟁이 같았습니다.」

어터슨이 반박하려 했지만 풀이 계속 말했다.

「아, 변호사님. 제가 20년이나 모신 주인님을 못 알아보겠습니까? 제가 그분의 키가 연구실 문의 어디까지 오는지 모를 거라고 생각하십니까? 아침마다 거기서 그분을 뵈었는데요? 아닙니다, 변호사님. 복면을 쓴 그자는 절대로 지 킬 박사님이 아닙니다. 그가 누구인지는 신께서 아시겠지만, 결코 지킬 박사님은 아닙니다. 저는 그 방에서 살인 사건이 있었다고 마음속으로 믿고 있습니다.」

어터슨 변호사가 말했다.

「풀, 자네가 그렇게까지 말한다면 확인해보는 것이 나의 도리겠지. 자네 주인의 감정을 다치게 하고 싶지도 않고, 그가 아직 살아 있다는 증거로 보이는 이 쪽지 때문에 난처하긴 하지만 그 문을 부수고 들어가는 것이 내가 할 일인 것 같군.」

「네, 변호사님. 바로 그겁니다!」

풀이 소리쳤다.

어터슨이 말했다.

「이제 두 번째 문제가 생겼네. 누가 그 문을 부수지?」

「그거야 변호사님과 제가 해야지요.」

풀이 대담하게 대답했다.

「그게 좋겠군. 어떤 일이 생기든 자네 말이 맞다는 것을 확인해야 하니까.」

「강의실에 도끼가 있습니다. 변호사님께서는 부지깽이를 쓰십시오.」

풀이 말했다.

어터슨은 흉하지만 묵직한 도구를 손에 들고 균형을 잡았다. 그가 고개를 들고 말했다.

「풀, 자네와 내가 위험한 상황에 닥칠 수도 있다는 걸 알고 있나?」

「물론입니다, 변호사님.」

집사가 대답했다.

「그럼 우리 솔직해지기로 하세. 우리는 아직 마음속의 생각을 다 털어놓지 않았네. 모두 말해보게. 자네는 복면한 자를 봤는데, 누군지 알아보았나?」

「워낙 빨리 움직인 데다, 몸을 굽히고 있었기 때문에 확실히 보기는 어려웠습니다. 그러나 혹시 하이드 씨를 생각하고 계신 거라면……, 맞습니다. 그 사람이었다고 생각합니다! 똑같은 체격에, 민첩하게 움직이는 것도 같았습니다. 게다가 그가 아니면 누가 실험실 문을 열고 들어올 수 있었겠습니까? 살인 사건이 일어났던 시간, 그가 열쇠를 가지고 있었다는 사실을 잊지 않으셨겠지요? 하지만 그게 다가 아닙니다. 어터슨 변호사님, 혹시 하이드 씨를 만난 적이 있으신가요?」

「그래. 한 번 만나 이야기한 적이 있지.」

어터슨이 대답했다.

「그렇다면 하이드 씨가 뭔가 이상한 느낌을 준다는 걸 잘 아시겠지요. 사람을 움찔하게 하는 뭔가가 있다는 것을요. 그걸 뭐라고 말해야 좋을지 모르겠습니다. 등골을 오싹하게 만든다고 할까요.」

「나도 자네가 설명한 것과 똑같은 느낌을 받았다네.」

어터슨이 대답했다.

「그렇습니다, 변호사님. 복면한 자가 원숭이처럼 약품들 사이에서 뛰쳐나와 연구실로 들어가는데, 등이 얼어붙는 것 같더군요. 네, 이게 증거가 되지 못한다는 것은 잘 압니다, 어터슨 변호사님. 그 정도의 지식은 가지고 있습니다. 하지만 사람은 느낌이란 게 있습니다. 맹세컨대 그자는 하이드 씨였습니다!」

풀이 말했다.

「그래, 그래. 내가 두려워하는 것도 바로 그거라네. 여기에 악마가 관계된 것 같아. 솔직히 난 자네를 믿네. 가여운 지킬은 살해당했을 거야. 또 살인범이 (목적이 무엇인지는 하느님만 아시겠지만) 희생당한 지킬의 방에 아직까지 숨어 있을 거라는 것도 믿네. 그래, 우리가 복수를 하세. 브래드쇼를 부르게나.」

하인인 브래드쇼가 부름을 받고 왔다. 창백하게 질린 브래드쇼는 초조해하고 있었다.

어터슨이 말했다.

「마음을 단단히 먹게, 브래드쇼. 자네들 모두 불안해하고 있다는 걸 아네. 이제 우리는 이런 상황을 끝내려 한다네. 여기 있는 풀과 내가 억지로라도 연구실에 들어갈 거야. 만

약 아무 일도 일어나지 않은 거라면 모든 비난은 내가 감수하겠네. 하지만 정말로 무슨 일이 일어난 거라면 범인이 달아날 경우에 대비해서, 자네가 심부름꾼 소년과 함께 튼튼한 몽둥이를 들고 실험실 문을 지키게. 10분 안에 채비

해서 그 자리에 가서 서 있게.」

브래드쇼가 나가자 어터슨은 손목시계를 보았다.

「자, 풀. 우리도 가세나.」

변호사는 그렇게 말하고는 부지깽이를 겨드랑이에 끼고 마당으로 나갔다. 구름이 달을 가려서 캄캄했다. 건물 안으로까지 바람이 불어와 걸음을 옮길 때마다 촛불이 흔들렸다. 그들은 강의실로 들어가서 조용히 앉아 기다렸다. 시내는 낮은 소음을 내고 있었지만, 가까운 곳에서는 고요가 흘렀다. 오직 연구실에서 왔다 갔다 하는 발걸음 소리만 들릴 뿐이었다.

「저렇게 종일 서성댄답니다. 네, 깊은 밤에도 저러지요. 약품상에서 새 물건이 들어왔을 때만 잠시 조용해집니다. 아, 저렇게 양심 없는 자가 있다니! 저자가 발걸음을 뗄 때마다 피가 뚝뚝 떨어지는 것 같습니다. 다시 들어보십시오, 좀 더 가까이서요. 귀를 바짝 대고 들어보십시오, 어터슨 변호사님. 저게 박사님의 발소리 같습니까?」

발걸음은 가볍고 독특했다. 아주 천천히 움직이면서도 흔들림이 있었다. 헨리 지킬의 육중한 발소리와는 달랐다. 어터슨 변호사가 한숨을 쉬며 물었다.

「다른 점이 또 있나?」

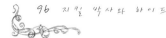

풀은 고개를 끄덕였다.

「한 번, 딱 한 번 흐느끼는 소리를 들은 적이 있습니다.」

「흐느꼈다고? 어떻게?」

어터슨은 문득 두려움을 느끼며 물었다.

풀이 대답했다.

「마치 여자나 길 잃은 영혼처럼 흐느끼더군요. 그 소리를 듣자니 저까지 울음이 터질 것 같았습니다.」

이제 10분이 다 되었다. 풀은 짚 더미 밑에 있던 도끼를 꺼냈다. 문을 부술 때 잘 보이도록 촛불은 가장 가까운 탁자에 놓아두었다. 두 사람은 숨을 죽이고 연구실로 다가갔다. 밤의 고요 속에서 여전히 방 안을 서성대는 발소리가 들렸다. 어터슨이 큰 소리로 외쳤다.

「지킬, 자네를 만나야겠네.」

그는 잠시 말을 멈추고 기다렸지만, 안에서는 응답이 없었다. 어터슨 변호사가 다시 말했다.

「자네에게 분명히 경고하겠네. 우리의 의심이 커졌네. 그러니 꼭 자네를 만나봐야겠어. 정당하지 않은 수단을 써서라도 말일세. 자네가 못마땅하게 생각해도 할 수 없어. 완력으로라도 들어가겠네!」

「어터슨, 제발 자비심을 베풀어주게!」

안에서 목소리가 들려왔다.

「아, 저건 지킬의 목소리가 아니야, 하이드야! 문을 부수게, 풀!」

어터슨이 외쳤다.

풀이 어깨 위로 도끼를 휘두르자 건물이 흔들렸다. 빨간 천을 댄 문이 덜커덕거렸다. 방에서는 겁에 질린 동물의 그것 같은 날카로운 소리가 터져 나왔다. 풀이 다시 도끼를 내리치자, 널빤지가 갈라지고 문틀이 튀어나왔다. 네 번째 도끼질이 이어졌지만 문짝의 나무는 튼튼하고 경첩에 단단히 달려 있어서 쉽게 열리지 않았다. 다섯 번째 도끼질을 하고 나서야 자물쇠가 부숴지면서 문이 안쪽으로 열렸다.

풀과 어터슨은 자신들이 일으킨 소동에 이어진 적막함에 깜짝 놀랐다. 그들은 뒤로 물러서서 연구실을 들여다보았다. 조용히 타오르는 등잔 불빛이 방 안을 밝히고 있었다. 벽난로에서는 탁탁 소리와 함께 불꽃이 타오르고, 주전자에서는 물 끓는 소리가 조그맣게 들렸다. 서랍 한두 개가 열려 있었지만, 책상에는 종이 뭉치가 단정히 쌓여 있었다. 불 가까이에는 다기가 놓여 있었다. 약품으로 가득 찬 유리

장을 빼면, 런던에서 가장 평범한 방 풍경이라 할 수 있을 터였다.

　방 한가운데에는 남자가 쓰러져 있었다. 그의 몸은 고통으로 뒤틀리고 있었다. 풀과  어터슨은 발끝으로 다가가, 사내의 몸을 똑바로 눕히고 얼굴을 보았다. 에드워드 하이드였다. 그는 너무 큰 옷을 걸치고 있었다. 지킬 박사에게나 맞을 만한 옷이었다. 하이드의 얼굴은 살아 있는 사람처럼 움직이고 있었지만, 숨은 이미 끊긴 상태였다. 손에 들린 깨진 약병과 강한 냄새로 볼 때, 하이드가 스스로 목숨을 끊었음을 어터슨 변호사는 알 수 있었다.

　그는 단호하게 말했다.

　「구하기에도, 벌을 주기에도 너무 늦었군. 하이드는 스스로 목숨을 끊었어. 이제 자네 주인의 시신을 찾는 일만 남았네.」

　건물의 1층 대부분을 차지하는 강의실은 위쪽으로부터 빛이 들어오도록 되어 있었다. 강의실에서 이어진 복도에는 뒷골목으로 나가는 문이 있었는데, 이곳을 통해서 연구실로 가는 두 번째 계단에 오를 수 있었다. 그 외에 어둠침

침한 작은 방 몇 개와 넓은 지하실이 있었다. 풀과 어터슨은 이 모든 곳을 샅샅이 뒤졌다. 방은 텅텅 비어서 힐끗 보는 것만으로도 충분했다. 문에 낀 먼지로 보아 오랫동안 사용하지 않았음을 알 수 있었다. 지하실에는 잡동사니가 어질러져 있었다. 전 주인인 의사가 살았을 때부터 있었던 물건인 듯했다. 문을 연 순간 오래된 거미줄이 뚝 떨어져, 샅샅이 둘러볼 필요도 없음을 알렸다. 죽었든 살았든 헨리 지킬의 흔적은 어디에도 없었다.

풀이 복도에 깔린 돌을 발로 내리치면서 말했다.

「주인님은 여기 묻히셨을 겁니다.」

그러고는 소리에 귀를 기울였다.

「아니면 도망쳤거나.」

어터슨이 말했다. 그는 몸을 돌려 뒷골목으로 나 있는 문을 살폈다. 문은 잠겨 있었고, 바로 옆의 돌바닥에 녹이 슨 열쇠가 떨어져 있었다.

「사용하는 열쇠는 아닌 것 같군.」

변호사가 말했다.

「사용이라니요! 열쇠가 망가진 게 안 보이십니까, 변호사님? 누군가가 발로 마구 짓밟은 것 같은데요.」

풀이 대꾸했다.

「그렇군. 부서진 부분 역시 녹이 슬었어.」

두려움을 느낀 두 사람은 서로를 바라보았다. 어터슨이 입을 열었다.

「알 수 없는 일이군. 연구실로 돌아가세나.」

말없이 계단을 올라간 그들은, 이따금 시신을 흘끔거리며 연구실을 찬찬히 살펴보았다. 탁자에는 화학 실험의 흔적이 남아 있었다. 유리 접시에 흰 소금을 여러 덩어리 재어놓은 것으로 보아 그 불행한 자의 실험은 성공하지 못한 모양이었다.

「저것은 제가 항상 가져다준 약품이랑 똑같습니다.」

풀이 말했다. 그때 주전자에서 물이 끓어오르고 있었다.

그 소리를 들은 두 사람은 난롯가로 갔다. 편안한 자리에 놓인 안락의자 옆에 다기가 놓여 있었다. 컵에는 설탕이 들어 있었다. 책꽂이에는 책이 몇 권 꽂혀 있었는데, 한 권은 찻잔 옆에 펼쳐져 있었다. 그 책은 지킬이 어터슨에게 몇 번이나 칭찬했던 신학책이었다. 어터슨은 지킬이 직접 이 책에 대단히 불경스러운 말로 주석을 달아놓은 것을 보고 깜짝 놀랐다.

풀과 어터슨은 방 뒤쪽을 살피다가 전신 거울이 놓여 있는 곳으로 갔다. 그들은 거울을 깊이 들여다보며 공포를 느꼈다. 하지만 거울이 비추는 것은 붉은 빛이 너울대는 천장과 불빛에 반사되어 반짝이는 유리 장의 앞면, 겁에 질린 채 구부정하게 들여다보고 있는 창백한 두 사람뿐이었다.

「이 거울은 이상한 일을 모두 봤겠군요, 변호사님.」

풀이 속삭였다.

어터슨도 마찬가지로 속삭이며 대답했다.

「거울 자체가 더 이상한걸. 그런데 지킬은······.」

그는 자기의 말에 화들짝 놀라다가, 떨리는 마음을 누르고 말을 이었다.

「지킬은 이걸로 뭘 하려고 했을까?」

「그러게 말입니다.」

풀이 대답했다.

그들은 탁자로 몸을 돌렸다. 책상에 잘 정돈되어 있는 종이 뭉치의 맨 위에 큼직한 봉투가 놓여 있었다. 봉투에는 지킬 박사의 필체로 어터슨의 이름이 적혀 있었다. 어터슨 변호사가 봉투를 열자 안에 들어 있던 봉투들이 바닥에 떨어졌다. 첫 번째 것은 유서였다. 어터슨이 6개월 전에 지킬에게 돌려준 이상한 내용이 적혀 있는 그 문서였다. 지킬이 죽을 경우에는 유언장으로, 실종될 경우에는 증여 증서로 쓰일 서류였다. 그런데 이번에는 에드워드 하이드의 이름 대신 가브리엘 존 어터슨의 이름이 들어가 있었다. 어터슨은 뭐라 말할 수 없이 놀랐다. 그는 풀을 바라보고는 다시 유서로 눈을 돌렸다. 그리고 마지막으로 양탄자에 널브러져 있는 범인의 시신을 쳐다보았다.

「머리가 빙빙 도는군. 이자는 이걸 가지고 있었네. 날 좋아할 리도 없고, 자기 이름이 빠진 걸 알고는 화가 났을 텐데 이 서류를 없애지 않았군.」

어터슨 변호사는 다음 종이를 들었다. 그것은 맨 위에 날짜가 적힌 간단한 메모로, 지킬 박사가 직접 쓴 것이었다. 어터슨이 소리쳤다.

「세상에, 풀! 그는 오늘 아침까지도 살아 있었네. 이렇게 짧은 시간 동안 그를 해친 다음 처리까지 할 순 없었을 거야. 분명히 지킬은 여전히 살아 있을 걸세. 달아났을 거라고! 그런데 왜 달아났을까? 그리고 어떻게 빠져나갔을까? 이 일을 자살로 발표해도 될까? 아, 우린 신중해야 하네. 자칫하면 자네의 주인을 아주 난처한 상황으로 밀어 넣게 될 수도 있을 테니 말일세.」

「왜 메모를 읽어보지 않으십니까, 변호사님?」

풀이 물었다.

어터슨은 심각하게 대답했다.

「두렵기 때문일세. 왜 나에게 이런 일이 생긴 건지!」

그는 편지를 얼굴에 바싹 대고 읽었다. 이런 내용이었다.

   친애하는 어터슨, 이 메모가 자네 손에 들어갈 때쯤이면 난 이미 사라지고 없을 것이네. 언제 그렇게 될지 확실히 짐작할 수는 없지만, 내 직감과 내가 처한 이루 말할 수 없는 상황으로 미루어 볼 때 마지막은 서둘러 찾아올 것 같아. 그러니 먼저 래니언의 글부터 읽어보게. 그는 내게 자네에게 그 편지를 보내겠다고 미리 경고한 적이 있네. 그것을 읽은 후에도 더 알고 싶은 게 있다

면, 자네의 하찮고 불행한 친구의

고백에 귀를 기울여주게나.

                헨리 지킬.

「또 다른 봉투가 있나?」

어터슨이 물었다.

「여기 있습니다.」

풀이 제법 두툼한 봉투를 건네주었다.

어터슨 변호사는 그것을 주머니에 넣었다.

「나는 이 메모에 대해서는 아무 말도 하지 않을 생각일세. 자네 주인이 피신을 했든 죽었든, 적어도 그의 명예는 지켜주어야 하네. 지금이 열 시니까. 난 집에 가서 조용히 이 문서들을 검토한 뒤에 자정까지는 돌아오겠네. 그때 경찰을 부르도록 하세.」

그들은 밖으로 나와 강의실의 문을 잠갔다. 어터슨은 난롯가에 모여 있는 하인들을 남겨둔 채 이 기묘한 사건을 설명해줄 두 통의 편지를 가지고 자신의 사무실로 돌아갔다.

래니언 박사의 이야기

나흘 전인 1월 9일, 나는 한 통의 등기 우편물을 야간 배달 편으로 받았네. 동료이자 동창인 헨리 지킬이 보낸 편지였지. 우편물을 받고 무척 놀랐다네. 우리가 편지를 주고받은 적은 없었거든. 게다가 바로 전날 밤에 그 친구와 만나서 식사를 한 터라 우리 사이에 정식으로 등기우편을 보낼 만한 일이 뭔지 나로서는 짐작조차 할 수 없었네. 내용을 읽자 더 어리둥절해졌지. 편지는 이런 내용이었네.

18××12월 10일

친애하는 래니언, 자네는 내 가장 오랜 벗이라네. 비록 우리가 과학적인 문제에 관련해서는 견해가 달랐지만, 적어도 내 쪽에서는 우리의 우정에 금이 갔던 적은 없다네. 자네가 만약 내게 「지킬, 내 생명과 명예와 이성이 자네에게 달려 있다네」라고 말했다면, 나는 무슨 수를 써서라도 자네를 도왔을 걸세. 래니언, 내 생명과 명예와 이성이 자네의 자비에 달려 있다네. 자네가 오늘 밤 내 말을 들어주지 않는다면, 나는 끝일세. 이런 글을 읽으면 자네는 내가 불명예스러운 일이라도 부탁하려나 보다고 생각하겠지. 판단은 자네에게 맡기겠네.

오늘 밤 약속이 있다면 모두 연기해주게. 설령 황제의 부름을 받았더라도 말이야. 자네의 마차가 대기 중이 아니라면 마차를 불러 타고, 이 편지를 안내서 삼아 챙겨 들고, 곧장 내 집으로 가주게. 집사인 풀에게도 지시를 해두었네. 도착하면 풀이 열쇠공과 함께 자네를 기다리고 있을 걸세. 만나면 내 연구실의 문을 따게. 방에는 자네 혼자 들어가야 하네. 왼쪽에 있는 유리 장(E라고 쓰여 있네)을 열고, 만약 잠겨 있으면 자물쇠를 부수게. 그리고 위에서부터 네 번째 서랍을 안에 든 것 그대로 함께 빼내게. 밑에서부터는 세

번째 서랍이네. 지금 내가 극도로 괴로운
상태라서, 설명을 잘못했을까 봐 무척 두
렵구먼. 하지만 내가 실수를 한다 해도,
자네는 서랍에 든 내용물로 내가 말한 서
랍이 맞는지 판가름할 수 있을 거야. 안에
는 약간의 가루와 약병, 수첩이 들어 있네. 그 서랍을 그대
로 들고, 캐번디시 광장의 자네 집으로 돌아오게.

  여기까지가 먼저 해줄 일이고, 이제 두 번째로 해줄 일이
있네. 자네가 이 편지를 받은 즉시 출발한다면 자정이 되기
훨씬 전에 집에 돌아와 있겠지. 하지만 불가피한 상황이나
예기치 못한 일이 벌어질 수도 있으니 자네에게 어느 정도
여유는 있어야 할 걸세. 또 이왕이면 자네 집 하인들이 잠
자리에 든 후가 좋을 테니까, 자정이 되면 진찰실에 자네
혼자 있어주게. 어떤 사람이 찾아와 내 이름을 대면 자네가
직접 그를 집으로 들여보내 주게나. 그리고 자네가 내 연구
실에서 가져온 서랍을 그에게 전해주게. 그러면 자네의 역
할은 끝나고, 나는 진심으로 고마워할 걸세. 자네가 설명을
요구한다면, 5분이면 이런 일이 대단히 중요하다는 것을
납득하게 될 걸세. 내 부탁이 망상 같기는 하겠지만 자네가
한 가지라도 소홀히 한다면, 자네는 내 죽음이나 내 이성의

파멸에 대해 양심의 가책을 느끼게 될 거야.

자네가 나의 호소를 무시하지는 않을 거라 믿네만, 그런 가능성을 떠올리기만 해도 내 가슴은 무너지고 손이 떨린다네. 이 시간, 낯선 곳에서 무엇으로도 표현할 수 없는 어두운 절망 속에서 버둥대고 있을 나를 생각해주게. 자네가 내 부탁에 제대로 응해준다면, 내 고민은 입으로 내뱉은 이야기처럼 굴러가 버릴 걸세. 친애하는 래니언, 부디 내 부탁을 들어주게. 날 살려주게.

자네의 벗, H. J.

*추신 : 이 편지를 봉인하려니, 불현듯 또 다른 공포가 밀려드는군. 우체국에서 일이 잘못되어서 이 편지가 내일 아침에야 자네 손에 들어가게 될 가능성 때문일세. 친애하는 래니언, 그런 경우에는 하루 중 자네에게 가장 편리한 시간에 내 부탁을 들어주게. 그리고 자정에 내가 다시 보낼 심부름꾼을 기다려주게. 그때는 이미 너무 늦을지도 모르지. 그리고 내일 밤 아무 일 없이 지나간다면, 자네는 헨리 지킬이 최후를 맞이했음을 알게 될 걸세.

이 편지를 읽으면서 나는 이 친구가 제정신이 아니라고

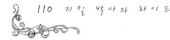

확신했네. 하지만 그것이 의심의 여지없이 증명될 때까지는 그가 요구한 대로 해줘야 할 것 같았지. 이 혼란스러운 일이 납득되지 않을수록, 나는 그 일의 중요성을 판단할 입장이 아닌 것 같았네. 또 워낙 간절해서 모르는 체할 수도 없었지. 나는 자리에서 일어나 마차를 타고 곧장 지킬의 집으로 갔네. 집사가 내가 도착하기를 기다리고 있더군. 그도 나와 똑같이 지시가 적힌 등기우편을 받고, 사람을 보내 열쇠공과 목수를 불렀더군. 그들은 우리가 대화를 나누고 있을 때 도착했네. 우리는 전 주인인 덴먼 박사의 수술실로 들어갔지. (자네도 알겠지만) 지킬의 연구실에 들어가려면 그 수술실을 통하는 게 가장 편리하지. 문은 아주 단단하고 잠금장치가 잘되어 있더군. 목수는 문을 열기도 힘들고, 억지로 열면 문짝이 엉망이 될 거라고 했지. 열쇠공은 거의 자포자기 상태였네. 하지만 그는 손재주가 뛰어난 사람이어서 두 시간 동안 애를 쓴 끝에 문이 열리게 되었네. E라고 적힌 유리 장은 잠겨 있지 않더군. 나는 그 서랍을 빼내서 짚을 채운 다음 천으로 감싸 안고 내 집으로 돌아왔네.

집에 와서 서랍에 든 내용물을 살펴보았지. 가루약은 곱게 빻았지만,

약제사의 솜씨만 못했네. 그러니 지킬이 직접 만들었다는 사실이 드러난 셈이지. 또 종이를 열어보니 흰색의 소금 결정체로 보이는 것이 있었네. 그 다음으로 약병을 살폈더니 피처럼 붉은 액체가 반쯤 들어 있는데, 냄새가 코를 찌르더군. 내가 보기에는 인광성과 휘발성을 가진 에테르 같았네. 다른 것들은 뭔지 짐작도 할 수 없었지. 수첩은 흔한 모양이었고, 안에는 날짜만 쭉 적혀 있었네. 여러 해 동안 사용했지만, 거의 1년 전부터는 기록이 뚝 끊겨 있더군. 여기저기 날짜 옆에 한마디씩 적혀 있는데, 수백 개의 날짜 중 여섯 군데에 「두 배」라고 쓰여 있었네. 맨 앞쪽 날짜에는 느낌표가 여러 개 붙은 「완전 실패!!!」라는 말이 적혀 있기도 했어. 호기심이 솟구쳤지만 분명한 것은 알 수 없었지. 물약이 든 약병 하나와 종이에 싸인 소금, (지킬의 다른 연구처럼) 쓸모없는 실험 기록, 내 집에 있는 이것들이 내 미친 듯한 동료의 명예나 정신 상태, 생명에 어떤 영향을 미친다는 걸까? 그가 보낸 심부름꾼이 여기 올 수 있다면 왜 그의 집에는 가지 못하는 걸까? 몇 가지 문제가 있다손 치더라도, 내가 왜 직접 이 사람을 비밀리에 만나야 하는 걸까? 생각할수록 정신이상자가 찾아올 거라는 확신이 점점 강해졌지. 그래서 하인들을 자러 가게 하고서는 낡은 권총에 총알을 넣었네. 방어할 태세를 갖추었지.

런던에 열두 시를 알리는 종소리가 퍼지기 무섭게 가만히 문고리를 두드리는 소리가 들렸네. 내가 직접 문을 여니, 체구가 작은 사내가 현관 기둥에 기대어 웅크리고 있더군.

「지킬 박사가 보낸 사람이오?」

내가 물었지.

그는 위축된 몸짓으로 「그렇습니다」라고 대답했어. 내가 집으로 들어오라고 하자, 그는 어두운 광장을 힐끗 돌아보더니 안으로 들어왔네. 멀지 않은 곳에서 경찰관이 각등을 들고 있었지. 그것을 보자 그 남자는 서둘러서 안으로 들어왔네.

고백컨대 나는 이런 유별난 점 때문에 불쾌했다네. 나는 그를 따라서 불이 환하게 켜진 진찰실로 들어오면서, 언제든 총을 쏠 마음의 준비를 했네. 이 대목에서 마침내 손님의 얼굴을 똑똑히 볼 기회가 생겼지. 처음 보는 사람인 것만은 확실하더군. 앞서 말했듯이 체구가 작았네. 그리고 그 충격적인 표정에 나는 경악했네. 힘찬 움직임과 확실히 쇠약한 몸의 조화가 눈에 띄었지. 또 이상할 정도로 주변에 신경을 쓰는 데도 놀랐네. 처음 봤을 때의 불편함에다 맥박까지 느려지더군. 나는 개인적으로 느끼는 유난한 불쾌감은 밀어놓고, 몸의 증세에만 신경을 썼네. 그러나 그런 증세가 나타난 이유는 인간 본성의 더 깊은 것, 단순한 혐오감이 아니라 더 심오한 것 때문이었을 거야.

(집에 들어온 순간부터 이상한 호기심을 느끼게 한) 이 사람은 누가 봐도 웃음을 터뜨릴 만한 행색이었네. 입고 있는 옷은 값나가는 고급 천으로 만든 것이었지만, 어찌나 큰지 몸에 헐렁하게 걸쳐져 있었어. 바지는 바닥에 끌리지 않도록 단을 말았고, 코트는 허리선이 엉덩이 밑으로 내려와 있더군. 또 옷깃은 어깨 위로 치솟았고. 이상하게 들리겠지만, 우스꽝스런 차림새였는데도 웃음이 나오지 않았네. 내 앞에 서 있는 사내에게는 뭔가 비정상적이고 흉한 게―눈길을 끄는 놀랍고 혐오스런 뭔가가―있어서 이런 이상한 행색이 잘 어울리고 그런 그의 분위기를 더 강조하는 것 같았지. 그래서인지 이자의 본성 외에도 태생과 인생살이, 재산 정도와 사회적 지위가 궁금해지더군.

이런저런 생각이 복잡하긴 했어도 그를 관찰한 시간은 불과 몇 초밖에 되지 않았다네. 그는 확실히 흥분한 상태였지.

그가 「그걸 가져오셨습니까? 가져오셨나요?」라고 외쳤

네. 어찌나 조바심을 내던지, 내 팔을 잡아 흔들 기세였다네.

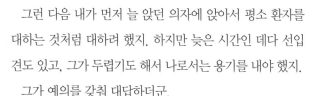

그의 손길이 닿자 피가 얼어붙는 것 같아서 나는 그를 밀어냈네. 그리고 말했지.

「이보시오. 우리가 초면이라는 사실을 잊고 계신 것 같소. 우선 좀 앉으시오.」

그런 다음 내가 먼저 늘 앉던 의자에 앉아서 평소 환자를 대하는 것처럼 대하려 했지. 하지만 늦은 시간인 데다 선입견도 있고, 그가 두렵기도 해서 나로서는 용기를 내야 했지.

그가 예의를 갖춰 대답하더군.

「죄송합니다, 래니언 박사님. 박사님의 말씀이 옳습니다. 제가 조급한 마음에 결례를 범했군요. 저는 박사님의 친구이신 헨리 지킬 박사님의 부탁을 받고 심부름차 왔습니다. 제가 알기로는…….」

그는 말을 멈추더니 손을 목에 갖다 대더군. 그가 몸가짐을 바로 하려 했지만, 흥분으로 떨리는 것을 막으려고 애쓰는 걸 알 수 있었지.

「제가 알기로는 서랍이…….」

하지만 나는 불안해하는 그가 안쓰러웠고, 또 점점 커지는 호기심도 누를 수가 없었네.

「저기 있소.」

나는 서랍을 가리켰지. 서랍은 테이블 아래 바닥에 놓여 있었네. 천으로 싸인 채 말일세.

그는 얼른 일어나다가 갑자기 멈칫하고는 가슴을 손으로 누르더군. 턱에 경련이 일어나서 이 갈리는 소리가 들렸어. 그의 얼굴이 하얗게 질려 있어서 나는 그의 목숨과 이성이 염려되기 시작했네. 내가 말했지.

「진정하시오.」

그는 내게 무시무시한 미소를 던지더니, 절망한 사람이 결단을 내린 것처럼 천을 쥐어뜯었네. 서랍에 든 내용물을 보고는 굉장히 안도한 모양이야. 어찌나 요란하게 흐느끼던지 나는 꼼짝도 못 하고 앉아 있었네. 그런데 그 다음 순간, 그는 차분해진 말투로 묻더군.

「계량컵이 있습니까?」

나는 간신히 일어나서 그가 청한 것을 가져다주었네.

그는 웃으며 고개를 끄덕여 인사하고는 붉은 액체를 조금 따르고 가루약을 넣었네. 액체와 가루가 섞이면서 처음에는 붉은 기운이 돌더니, 결정체가 밝은 색을 내며 녹기 시작하자 거품이 생기고 연기가 피어났지. 또 그와 동시에 갑자기 끓어오름이 멈추더니 액체는 진보라색으로 변했고 다시 점점 색이 흐려져서 연두색이 되었네. 이 변화를 찬찬히 살피던 그는 미소를 지으며 컵을 테이블에 내려놓았지. 그리고 내게 몸을 돌려서 날 뚫어져라 바라보았네.

그가 말했지. 여기서 갑자기 그의 말투가 변했네.

「이제 남은 일을 처리해야겠군. 진실을 알고 싶소? 어때, 가르쳐줄까? 내가 이 잔을 손에 들고 아무런 설명 없이 당신 집에서 나가도 괜찮겠소? 아니면 당신을 지배하고 있는 호기심의 욕구에 굴복하겠소? 대답하기 전에 생각하시오. 모든 것은 당신이 결정한 대로 될 테니. 당신이 결정하기에 따라서 예전과 다를 게 없을 수도 있소. 더 부유해지지도 현명해지지도 않고, 그저 가련한 자를 도운 것으로 영혼은 풍성해지겠지. 또는 다른 선택을 한다면 새로운 지식과 함께 명예와 권력의 길이 새로이 당신에게 활짝 열릴 거요. 이 방에서 바로 이 순간에 말이오. 당신은 사탄에 대한 불신을 사라지게 할 놀라운 일을 목격하게 될 거요.」

나는 속으로는 떨렸지만 차분하게 대답했네.

「선생, 수수께끼 같은 말을 하는군요. 내가 당신 말을 못 미더워한다 해도 놀라지 않겠지요. 하지만 그만두기에는 이 이해할 수 없는 일에 너무 깊숙이 빠져들었으니 끝을 봐야겠소.」

손님이 말했지.

「좋소, 래니언. 맹세를 기억하시오. 이건 우리만의 비밀이오. 오랜 세월, 가장 편협한 눈으로 보이는 것만을 믿어온 당신, 초월적인 약의 효능을 부인해온 당신, 당신보다 뛰어난 이들을 비웃어온 당신, 똑똑히 보라고!」

그는 잔을 입에 대더니 단숨에 마셔버렸네. 곧이어 비명이 터져 나왔지. 그는 몸을 비틀대며 탁자를 붙잡고 매달리더군. 충혈된 눈으로 쏘아보면서 입을 벌리고 헐떡댔어. 그 모습을 지켜보는데, 변화가 일어나고 있다는 생각이 들었네. 그의 몸이 부어오르는가 싶더니 얼굴이 갑자기 검어지면서 이목구비가 점점 변해버렸지. 다음 순간, 나는 벌떡 일어나서 뒤로 물러나다가 벽에 부딪쳤네. 그리고 그무서운 일에서 날 보호하기 위해 팔을 들었지. 공포감이 엄습했네.

「하느님! 하느님 맙소사!」

내가 거듭 소리쳤지. 그런데 거기, 바로 내 눈앞에 창백한 얼굴로 덜덜 떨면서 죽음에서 막 벗어난 듯 반쯤 기절한 상태로 손으로 앞을 더듬는 헨리 지킬이 서 있는 게 아닌가!

그 후 그에게 들은 내용은 감히 지면에 옮길 수가 없네. 난 똑똑히 보았고, 똑똑히 들었어. 내 영혼은 그 이야기에 병들어 버렸다네. 이제 눈앞에서 그 광경이 사라졌는데도 그 일을 믿느냐고 나 자신에게 물으면 난 대답할 수가 없네. 내 삶은 송두리째 흔들려버렸어. 난 잠을 이룰 수가 없네. 죽음 같은 공포감이 밤낮을 가리지 않고 계속 내 곁을 맴돈다네. 이제 얼마 못 살 것 같아. 나는 죽을 걸세. 하지만 의심하며 죽어가겠지. 그가 내게 보여준 도덕적인 타락에 대해 말하자면, 참회의 눈물을 흘려도 그 생각만 하면 두려움이 솟구친다네. 한 가지만 말하겠네, 어터슨. 그 정도로도 (자네가 그것을 믿는다면) 충분할 걸세. 그날 밤 내 집에 살그머니 들어온 자는, 지킬의 고백에 의하면 하이드로 알려진 사람이라고 하네. 커루의 살인범으로 온 나라가 찾고 있는 바로 그자라더군.

헤이스티 래니언.

헨리 지킬의 사건 설명

나는 18××년 유복한 가정에서 태어났네. 여러 가지가 우수한 데다 근면했던 나는 동료들 가운데서도 현명함과 선량함을 특히나 중시했지. 그러니 누구라도 짐작하겠지만 나에게는 명예롭고 훌륭한 장래가 보장되어 있는 셈이었네. 그러나 참을성 없이 즐기는 기질은 가장 나쁜 단점이었지. 그런 기질로 여러 가지 즐거움을 누렸지만, 그것이 사람들 앞에서 고개를 똑바로 세우고 근엄한 표정을 짓고 싶은 마음과는 맞지 않는다는 것을 알았지. 그래서 보이지 않는 곳에서 쾌락을 즐기게 되었네. 그리하여 옛일을 회고하며 주변을 돌아보고 세상에서의 내 위상을 점

검할 때가 되었을 즈음, 이미 난 심각한 이중생활을 하고 있었지. 내가 죄책감을 느끼는 짓거리를 자랑삼아 떠들어 대는 인간들도 있을 테지. 하지만 높은 이상을 품은 나로서는 그런 쾌락을 엄청나게 수치스러운 것으로 간주하고 숨겼네. 그러므로 내 결점으로 인한 타락보다는 엄격한 포부가 나를 만든 것이라고 할 수 있지. 그래서 인간의 양면성을 나누고 합하는 선과 악의 구분을 남들보다 혹독하게 구분하려는 열망을 갖게 되었다네. 나는 삶의 이치에 대해 깊이 고민했네. 종교의 뿌리에 엄격한 삶의 이치가 있으며, 그것이 사람을 가장 낙심하게 하지. 나는 심각한 이중인격자였지만 위선자는 아니었네. 나의 양면은 각기 죽어라 열심이었지. 학문을 연마하고 슬픔에 빠진 고통받는 자를 구제하려고 노력하는 내가 내가 아니듯, 자제심을 밀치고 수치로 빠져 드는 나도 내가 아니었네. 그러다가 신비롭고 초월적인 방향의 과학 연구에 몰두하면서, 내 양면의 싸움에 강렬한 빛줄기가 비치게 되었네. 매일매일 내 지성과, 도덕적인 이들과 지적인 이들의 양면에서 얻어낸 것으로 진실에 점점 가까워졌지. 일부만 밝혀낸 진실로 인해 나는 무시무시한 파멸을 당할 운명에 처하게 되었다네. 그 진실이란 인간은 하나가 아니라 둘이라는 것이었지. 둘이라고 말하는 것은 내가 아는 것이 그 정도이기 때문이네. 다른 사람들이 내가 설정한 것과 같은 논리를 좇아서 나 이상의 성과를 낸다면, 한 인간 속에 여러 다양하고 독립적인 존재가 들어 있음이 밝혀지겠지. 내 경우로 보면 하나의 방향으로만 뻗어나갔다네. 하나의 방향만 있었지. 오직 도덕적인 면만 있었네. 나는 그것을 통해 인간의 완전하고 원초적인 이중성을 알게 되었지. 내 의식 속에 선과 악의 특성이 있고, 내가 어느 쪽이든 나라고 말할 수 있는 것은 양쪽 모두 근본적으로 내가 가진 성격이기 때문이지. 과학적인 발견으로 그런 기적이 일어날 수 있다는 사실을 알기 훨씬 전부터 나는 선악을 분리하는 공상을 하면서 즐거움을 맛보았다네. 선과 악이 분리되어 각각 존재할 수 있다면 인생은 견디기 힘든 일에서 벗어날 수 있을 것이네. 악은 올곧은 쌍둥이 형제의 열망과 가책에서 벗어나 제 길을 가겠지. 선은 위로 뻗은 길을 묵묵히 안정적으로 걸어가면서 좋은 일을 행하며 기쁨을 얻으면 될 테고. 선으로서는 사악한 짓을 벌이고 수치를 느끼거나 참회할 필요가 없네. 어울리지 않는 선악이 하나로 뭉쳐져서 내면에 있다는 게 인류가 받은 저주이지. 의식이라는 고통스런 자궁에서 성격이 정반대인 쌍둥이 형제가 계속 다퉈야 하니 말일세. 그렇다면 둘을 어떻게 분리할 수 있을까?

깊이 고민하고 있을 때, 앞에서 말했듯이 실험실 탁자에 서광이 비치기 시작했네. 나는 걸어 다니는 육체가 겉으로는 견고해 보여도 실은 안개처럼 덧없는 비실체라는 것을 알아차렸지. 내가 발견한 약물은 육체를 흔들고 뿌리 뽑을 수도 있었네. 천막에 드리워진 휘장이 바람에 휘날리듯 그렇게 몸이 날아가 버릴 수 있었지. 여기서 실험 결과를 과학적으로 설명하지 않는 것은 두 가지 이유 때문이네. 먼저 나는 인생의 운명과 짐은 인간의 숙명이라는 사실을 알게 되었다네. 그 짐을 내려놓으려 하면 더 낯설고 강한 압박감이 우리를 짓누르게 되는 법이지. 둘째는 아쉽게도 이 고백을 하는 지금도 내가 얻은 결과가 불완전하기 때문이네. 당시 나는 몸에 깃든 내 정신을 이루는 어떤 힘의 기운과 광채를 알아낸 데다가, 우수한 면모를 몰아낼 약을 조제할 수 있게 되었지. 약을 먹고 생긴 몸매와 얼굴은 내 마음에 들었네. 표정이 있었고, 내 영혼의 비열한 면이 그대로 찍힌 모습이었으니까.

이 이론을 실제로 시험해보기까지 나는 꽤 오랫동안 망

설렸다네. 죽음을 무릅써야 한다는 것은 알고 있었지. 몸을 휘젓고 뒤흔들 가능성이 있는 약이어서 조금만 더 넣거나 약간만 시간을 못 맞추면, 변하기를 바라는 이 육체가 완전히 파괴될지도 모르니까. 그러나 확인하고 싶은 유혹이 워낙 강하고 깊어서 마침내 마음의 경고를 눌러버렸지. 오랫동안 약을 준비했네. 도매 약품상에서 특별한 소금을 대량으로 구입했지. 실험을 통해서 이 소금만 있으면 준비가 끝난다는 것을 알고 있었네. 어느 저주받은 밤에 재료를 섞고 그것을 끓이면서 유리컵에 연기가 피어오르는 광경을 지켜보았네. 부글부글 끓는 기운이 가라앉자 나는 용기를 내어 약을 들이켰지.

이어서 굉장한 통증이 일어났네. 뼈가 갈리는 듯한 아픔, 죽을 듯한 메스꺼움, 태어나거나 죽는 순간에도 이 정도는 아닐 것 같은 공포감이 밀려들었지. 그러다가 이런 아픔이 싹 사라지면서 중병에서 회복된 것 같은 기분이 느껴졌네. 몸의 감각이 묘하더군. 말로는 설명할 수 없는 새로운 뭔가가 있었어. 이런 새로움은 믿기 힘들 만큼 기분 좋은 것이었다네. 몸이 더 젊어지고 가벼워지고 행복해진 느낌이었지. 몸속에서 고집스런 무모함이 고개를 드는 걸 알 수 있었네. 환상 속에서 방탕하고 감각적인 장면이 물레방아의 물처럼 흘러들었네. 의무감에서 해방된, 뭔지 모르지만 순결하지 않은 영혼의 자유가 느껴졌네. 이 새 생명으로 처음 숨을 쉬면서 나는 알았지, 내가 더 사악해졌다는 것을. 열 배는 더 사악해져서 악한 본성에게 팔린 노예가 되었다는 것을. 그 생각을 하는 순간 포도주를 마신 것처럼 기분이 좋더군. 나는 양손을 뻗고 새로운 기운을 느끼며 펄쩍펄쩍 뛰어봤네. 그리고 그런 동작을 하면서 내 키가 형편없이 줄어들었다는 사실을 깨달았네.

그때 내 연구실에는 거울이 없었네. 이 글을 쓰는 지금 내 옆에 있는 거울은 몸의 변화를 보려고 나중에 들여놓은 것이지. 하지만 그날은 밤이 깊어서 새벽이 되어가고 있었고─어둡기는 했지만 동이 트려는 기미가 있었네.─내 집 식구들은 모두 깊은 잠에 빠져 있었기에, 희망과 승리감에 도취된 나는 새로운 모습으로 침실까지 가기로 마음먹었네. 마당을 지날 때, 별빛이 내 머리 위로 쏟아졌네. 잠들지 않고 하늘을 지키고 있던 별들도 처음 보는 존재를 경이롭게 생각했을 것 같아. 나는 내 집에서 낯선 사람이 되어 살그머니 복도를 지났네. 그리고 내 방으로 가서 처음으로 에드워드 하이드의 모습을 보았네.

지금 내가 말하는 것은 나도 확신이 안 서지만 가장 그럴 듯해서 이론상으로만 하는 것일세. 이제야 빛을 발한 내 본성의 악한 면은 내가 방금 없앤 선량함보다 부실하고 발달이 덜 됐던 것 같네. 인생의 9할을 미덕과 자제심을 발휘하기 위해 노력하면서 살아왔으니 악한 본성은 덜 활용되고 덜 지쳐 있던 셈이지. 그래서 에드워드 하이드는 헨리 지킬보다 훨씬 작고 호리호리하고 젊은 모습이었다는 생각이 드네. 한쪽 얼굴에서는 선함이 빛난 반면, 다른 쪽 얼굴에서는 악함이 확연히 드러났지. 그 외에도 악은 (나는 아직도 이것이 인간을 죽음에 이르게 하는 면이라고 믿네) 내 몸에 기형과 파괴의 흔적을 남겨놓았네. 하지만 거울로 추한 우상을 보았을 때 그것이 싫다기보다 오히려 반가운 마음이 들더군. 이것 역시 내 모습이었네. 자연스럽고 인간적으로 보였어. 내 눈에는 하이드가 더 생생한 영혼의 모습을 담고 있는 것 같았지. 지금껏 나라고 부르면서 익숙해진, 불완전하고 분열된 얼굴보다는 그 얼굴이 더욱 표정과 개성이 넘치는 것 같았네. 의심할 여지 없이 내가 옳았지. 내가 에드워드 하이드의 몸을 입고 있으면 누구든 불안한 기색을 보였네. 이것은 우리가 만나는 인간은 모두 선과 악이 뒤섞여 있지만 인류 가운데 오직 에드워드 하이드만이 순수하게

악하기 때문이라고 생각하네.

나는 잠시 거울 앞에서 시간을 끌었네. 이제 두 번째 결정적인 실험을 해야 했지. 내가 회복할 길 없이 본래 모습을 잃었는지 알아보고, 만약 그렇다면 날이 밝기 전에 이제는 내 집이 아닌 이곳에서 달아나야 했네. 나는 서둘러 약장으로 가서 다시 약을 준비해 마셨네. 몸이 녹는 아픔을 또 한차례 겪은 다음 나는 예전과 같은 성품과 키와 얼굴을 가진 헨리 지킬로 되돌아왔다네.

그날 밤 나는 운명의 기로에 서 있었지. 더 숭고한 정신으로 내 발견에 접근했더라면, 너그럽고 신성한 정신을 지니고 그 실험을 했더라면 모든 게 달라졌을 게야. 이런 죽음과 탄생의 고통에서 악마가 아닌 천사를 끌어냈으련만. 약은 분별력을 발휘하지 못했네. 약 자체에는 악마성도 신성성도 없었어. 그것은 내 기질의 감옥 문을 흔들었고, 감옥 안에 있던 포로들처럼 내 기질이 쏟아져 나왔지. 그 시간 내 미덕은 잠들어 있었고, 악마성은 야심을 품고 깨어나서 조심스러우면서도 재빠르게 기회를 붙잡았던 것이네. 그렇게 밖으로 드러난 것이 에드워드 하이드였지. 나는 두 가지 외모뿐 아니라 두 가지 성품을 갖게 되었네. 하나는 완전히 사악했고, 또 하나는 여전히 선과 악을 함께 가지고 있는 헨리 지킬이었지. 모순 덩어리인 헨리 지킬이 변하고 발전해봤자 절망적이라는 것을 나는 이미 알고 있었네. 그러니 더 나쁜 쪽으로 마음이 쏠릴 수밖에 없었지.

그 당시에도 나는 학문을 추구하는 무미건조한 인생에 대한 반감을 극복하지 못하고 있었다네. 때때로 방탕하게 놀았고 (아무리 잘 봐줘도) 품위 있는 처신은 아니었네. 나는 유명했고 높은 평가를 받는 위치에 있었을 뿐 아니라 노년기에 접어들고 있었지. 그러니 뒤죽박죽인 생활이 점점 편치 않아졌다네. 이런 면에서 새로이 얻은 능력은 충분히 유혹적이었고, 결국 나는 노예가 되고 말았지. 그 한 컵을 들이켜는 것으로 저명한 교수의 몸에서 빠져나와 두툼한 망토를 걸치듯 에드워드 하이드의 몸을 입을 수 있었으니까. 그런 생각을 하니 미소가 떠오르더군. 당시에는 우스운 일로 보였던 게지. 나는 세심하게 준비를 했네. 소호에 집을 사서 살림을 갖추었어. 하이드가 경찰의 추적을 받은 바로 그 집일세. 그리고 말수가 적고 꼬치꼬치 묻지 않을 사람을 가정부로 들였지. 한편 내 하인들에게는 하이드란 사람이 (그렇게 설명했네) 내 집을 수시로 드나들 것이라고 알렸네. 그리고 만약의 경우에 대비해서 하이드로 변해서 낯을 익히게까지 했다네. 다음으로 자네가 그렇게도 반대한 유서를 작성했지. 그러면 지킬 박사에게 무슨 일이 생겨도 금전적인 어려움 없이 에드워드 하이드가 살아갈 수 있을 테니까 말일세. 매사에 단단히 준비를 했다는 생각이 들자 나는 묘한 특권을 이용하기 시작했네.

이전에 사람들은 청부업자들에게 범죄 행위를 시키고 본인의 인품이나 명성은 그대로 유지했지. 나는 쾌락을 위해 범죄를 저지르는 최초의 인물이 되었네. 사람들에게 존경받는 인물의 역할을 계속하면서도, 한순간 빌려 입은 옷을 휙 던지고 아이들처럼 앞뒤 가리지 않고 자유의 바다에 빠질 수 있었지. 신비로운 망토를 걸친 나는 완벽하게 안전했다네. 한번 생각해보게. 하이드는 존재하지도 않았던 것이네! 실험실 안으로 달아나서 언제든 만들 수 있도록 준비해 둔 약을 섞어 마시기만 하면 에드워드 하이드는 사라지네. 무슨 짓을 저질렀든 거울에 번진 입김처럼 싹 사라지는 거지. 그 대신 조용히 자기 서재에서 등잔을 손질하는 헨리 지킬이 등장하는 거야. 헨리 지킬은 혐의쯤이야 웃어넘길 수 있는 사람이잖은가.

앞서 말했듯이 내가 변신해서 맛보고 싶어했던 쾌락은 품위 없는 것이었네. 그보다 심한 표현은 쓰지 않겠네. 하지만 에드워드 하이드로 변하기만 하면 그것은 극악무도한 짓거리로 탈바꿈하기 시작했네. 그런 나들이  에서 돌아오면 내가 저지른 별별 악행으로 의구심에 빠질 때도 많았네. 내 영혼에서 불러내어 쾌락을 맛보라며 혼자 보낸 이 익숙한 나는 사악하고 비열하기 짝이 없는 존재였지. 모든 행동과 생각은 자기에게만 맞추고, 피도 눈물도 없는 인간처럼 남을 괴롭히는 것으로 짐승 같은 욕망을 채웠던 거야. 때로 헨리 지킬은 에드워드 하이드의 행동에 경악했네. 하지만 평범한 상황은 아니라서 양심의 가책을 교묘히 피했지. 결국 죄를 지은 것은 하이드였으니까, 하이드 혼자였으니까. 지킬은 그러지 않았지. 지킬의 선량한 인품은 고스란히 다시 깨어났네. 그는 가능한 경우에는 하이드가 저지른 악행을 무마하기 위해 민첩하게 움직이기까지 했네. 그렇게 해서 양심의 가책을 피할 수 있었다네.

내가 못 본 체 넘긴 파렴치한 행위에 대해서는 (지금도 내가 저질렀다고는 좀처럼 인정할 수가 없네) 자세히 말하지 않겠네. 다만 곧 벌을 받으리라는 경고와 연속적인 과정이 있었다는 말은 해두겠네. 우연한 사고가 있었는데, 어떤 결과도 초래하지 않으니 그것에 대해서는 간단히 언급만 하겠네. 내가 한 아이에게 잔인한 짓을 하는 걸 보고 지나던 사람이 분노했는데, 나중에 알고 보니 자네의 친척이더군. 의사와 아이의 가족이 그 사람에게 동조했지. 생명의 위협을 느꼈다네. 결국 그들의 화를 풀어주려고 에드워드 하이드는 그들을 그 문까지 데려가서 헨리 지킬의 이름으로 발행한 수표를 줘야 했네. 하지만 나중에 에드워드 하이드의 이름으로 다른 은행에 계좌를 만들자 이런 위험도 사라졌지. 수표에 서명을 할 때는 글씨를 뉘어서 썼고, 그런 식의 생활은 안전할 거라고 생각했네.

댄버스 경의 살해 사건이 있기 두 달 전, 나는 쾌락을 찾아 나갔다가 늦게야 집에 돌아왔네. 다음 날 아침 깨어보니 느낌이 이상하더군. 주위를 둘러봤지만 그대로였네. 멋진 가구와 내 침실의 높은 천장도, 침대의 커튼 문양과 마호가니 틀도 그대로였지. 그런데도 내가 있으면 안 될 곳에 있는 듯한 느낌이 계속 들었어. 이곳은 내 집 침실이 아니라 에드워드 하이드의 몸이 자는 소호의 작은 방이어야 될 것 같았네. 웃음이 다 나오더군. 마음속으로 이런 착각의 원인을 궁리하기 시작했지. 생각에 잠겼다가 깜빡 졸기도 했네. 하지만 신경이 쓰여서 정신이 든 순간에는 손에 눈이 갔네. (자네가 자주 말했듯) 헨리 지킬은 당당한 체격을 가진 사람이었지. 덩치가 크고 몸이 단단하고 피부가 희고 잘생겼었어. 하지만 아침나절의 환한 햇살이 비춘 잠옷에 반쯤 걸쳐진 내 손은 가늘고 핏줄과 관절이 튀어나온 데다가 털이 덥수룩하고 거무튀튀한 것이었네. 바로 에드워드 하이드의 손이었지.

어안이 벙벙해서 30초쯤 그렇게 손을 쳐다봤을 걸세. 그때 갑자기 가슴이 덜컥 내려앉으면서 공포가 덮쳐 왔네. 침대에서 뛰어 내려와 거울로 달려갔지. 거울에 비친 모습을 보자 피가 싸늘하게 식는 것 같더군. 그랬네, 잠자리에 들 때는 분명히 헨리 지킬이었는데 깨어 보니 에드워드 하이드가 되어 있었네. 이 일을 어떻게 설명할 수 있을까? 나 자신에게 물었네. 그때 다시 공포가 밀려들더군. 지킬의 모습으로 돌아가려면 어떻게 해야 하지? 이미 날이 밝아 하인들이 깨어 있었네. 약은 모두 저쪽 건물의 연구실에 있는데, 그곳에 가려면 두 층이나 내려가서 뒷길을 통하고 마당

을 지나 해부실을 통과해야 했지. 나는 겁에 질려 가만히 서 있었네. 얼굴은 가릴 수 있겠지만 키가 작아진 것은 숨길 수가 없으니 무슨 소용이 있을까? 그 순간 한 가지 생각이 떠오르자 안도감이 들었다네. 이미 하인들은 하이드가 드나드는 데 익숙했지. 나는 곧 최대한 몸에 맞는 옷을 차려입고 밖으로 나갔네. 브래드쇼가 그런 시간에 차림새가 이상한 하이드를 보자 놀라서 물러서더군. 10분 후 지킬 박사는 본래의 모습으로 돌아올 수 있었고 식탁에 앉아 조반을 먹는 체했지.

입맛이 없더구먼. 몸을 하이드의 상태로 돌려놓은 이 이상하기 짝이 없는 사건은 내가 받을 심판을 예고해주는 것 같았네. 그래서 또 다른 나와 관련된 문제와 가능성에 대해서 어느 때보다도 진지하게 고민하기 시작했지. 나의 악한 부분은 최근에 활발하게 활동해서 영양분을 듬뿍 취했지. 이즈음에는 에드워드 하이드의 몸이 커진 것도 같았네. (내가 그 몸으로 변할 때면) 한층 혈기왕성해진 느낌이 들었지. 이제 하이드의 몸으로 있는 시간이 길어지면 내 성품의 균형이 완전히 깨지고, 선과 악을 내 의지대로 바꾸지 못해 하이드의 성격이 영영 내 성품이 되어버릴 위험이 있었지. 약효는 항상 같지는 않았네. 초기에는 약효가 전혀 나타나지 않았던 일도 있었어. 그 후로 약의 양을 두 배로 늘려야 했던 경우도 몇 번 있었고, 죽음을 무릅쓰고 세 배로 늘린 적도 있었네. 이렇게 드물게 일어나는 불확실성은 내 만족감에 그림자를 드리우곤 했었네. 하지만 그날 아침의 사건으로 나는 알게 되었다네. 처음에는 지킬의 몸을 벗어버리기가 어려웠지만, 점점 확실하게 그 반대가 되어가고 있었지. 따라서 모든 정황은 이 한 가지로 모아지는 것 같았네. 나는 원래의 선한 면을 점점 잃고, 천천히 악한 성품으로 변해가고 있었던 거야.

그 둘 사이에서 선택을 해야 될 것 같더군. 두 가지 인격은 공통의 기억을 가지고 있었지만 그 밖의 다른 것은 똑같지가 않았지. 이제 (선악이 뒤섞인) 지킬은 가장 예리한 이해력과 탐욕스런 취향을 가지고 하이드의 쾌락과 모험을 같이 누렸네. 하지만 하이드는 지킬에게 무관심하거나, 그를 추적당하는 산적이 몸을 숨기는 동굴쯤으로 생각했지. 지킬이 아버지 이상으로 관심을 가지고 하이드를 대했다면, 하이드는 여느 아들보다 더한 무관심으로 답하는 셈이었네. 내가 지킬을 선택한다면, 오랫동안 은밀히 탐닉해오다가 이제야 제대로 맛보기 시작한 욕망을 버려야 했지. 하이드를 선택한다면, 수많은 관심사와 포부를 버리고 한 번에 영원히 경멸당하는 인간으로서 친구도 모두 잃는 처지가 되어야 했고. 어느 쪽을 선택해야 할지는 생각할 것도 없어 보이겠지. 하지만 더 고려할 게 있었네. 지킬을 택하면 그는 절제의 불속에서 고통을 겪을 테지만, 하이드를 택한다면 그는 잃은 것을 의식조차 못 할 터였지. 내 처지가 이상해 보일지 몰라도, 사실 이런 고뇌는 오래전부터 인간들이 겪어왔던 것일세. 유혹받고 두려움에 떠는 죄인은 누구나 같은 자극과 경각심을 느낄 테지. 다른 사람들처럼 나 역시 선한 쪽을 선택했지만 그 마음을 계속 유지하기에는 힘에 부쳤다네.

그렇네. 나는 친구들과 정직한 소망을 품고 사는 늙고 불만족스런 박사 쪽이 좋았네. 그래서 하이드로 변해서 누렸던 자유와 젊음과 가벼운 발걸음, 뛰는 충동과 은밀한 쾌락에 단호히 작별을 고했지. 그러나 이런 선택을 할 때 나도 모르게 딴마음이 있었나 보네. 소호의 집을 처분하지 않은 거라든지, 에드워드 하이드의 옷을 버리지 않고 연구실에 그대로 놔둔 걸 보면 말일세. 하지만 두 달간 나는 결심한 것을 지켰네. 두 달 동안 이전보다 훨씬

엄격하게 살면서 양심을 지키는 데 만족을 느꼈지. 그러나 마침내 경각심이 흐려지기 시작했고 양심을 지키는 기쁨도 별것 아닌 게 되어버렸다네. 나는 심한 고뇌와 갈망에 시달리기 시작했네. 하이드가 자유를 얻으려고 발버둥쳤지. 결국 도덕심이 약해졌을 때, 다시 한번 약을 만들어서 들이켜고 말았네.

술꾼이 술을 마실 때는 잔악하게 육체적인 비정함을 저지를 위험이 있다는 걸 모르듯이, 나 역시 오래전부터 내 처지를 고민해왔으면서도 언제라도 에드워드 하이드의 성격이 뛰쳐나와 도덕적으로 완전히 무감각해지고 잔인할 만큼 악해질 수도 있다는 점을 예상하지 못했다네. 바로 그 때문에 나는 벌을 받았네. 오래 갇혀 있었던 내 안의 악마가 발광하면서 튀어나왔지. 약을 마시자 더욱 통제가 불가능한 사나운 사악함이 나오는 것이 느껴졌다네. 그날 나의 불행한 희생자가 예의를 갖춰 건네는 말에 참을성 없이 격동하게 된 것은, 그게 내 영혼을 휘저어댔기 때문일 걸세. 정신이 온전한 사람이라면 아무것도 아닌 자극으로 그런 엄청난 범죄를 저지른 것에 대해 죄책감을 느끼겠지. 나는 장난감을 부수는 정신 나간 아이처럼 제정신이 아니었네. 아무리 나쁜 인간도 유혹 속에서 어느 정도는 가지고 있는 균형감을 나는 스스로 내던져 버렸다네. 내 경우 가벼운 유혹이라도 일단 받으면 무너질 수밖에 없었던 거야.

당장에 악한 영혼이 내 안에서 깨어나 날뛰었지. 나는 환희에 차서 저항하지도 않는 상대를 매질했네. 내리칠 때마다 기쁨을 맛보았다네. 기운이 빠지기 시작할 때야 몽롱한 가운데 불쑥 겁이 나 등골이 서늘해지더군. 안개가 걷히고 나자 내 목숨이 위험해졌다는 걸 깨달았지. 나는 당장 사건 현장을 떠났네. 영광스럽게 떨리던 사악한 만족감을 느꼈지만 이제는 목숨을 부지하고 싶은 욕망이 생겼지. 소호의 집으로 달려가서 (단단히 해두기 위해) 서류를 없애고 가로등이 켜진 거리를 지나갔네. 내가 저지른 범죄에 흐뭇한 마음이 들었고 앞으로 또 다른 사고를 칠 생각을 하니 흥분이 됐다네. 그러나 한편으로는 뒤를 쫓아오는 자가 있는지 발소리에 귀를 기울였네. 하이드는 입을 벌려 노래하면서 약을 섞어 마셨지. 죽은 자에게 축배를 들었네. 변화의 아픔도 그를 갈기갈기 찢지는 않았고, 곧 헨리 지킬이 감사와 후회의 눈물을 흘리며 무릎을 꿇고 앉아 신께 손을 모았다네. 머리

에서 발끝까지 쓰여 있던 방종의 베일이 찢어졌네. 내 인생을 돌아보았지. 아버지의 손을 잡고 걷던 어린 시절부터 스스로를 부정하면서 박사로서의 삶을 열심히 살았던 나날을 지나, 현실이 아닌 것 같은 그 무서운 저녁에 이르렀지. 비명을 질렀는지도 모르겠네. 나는 기억 속에 몰려드는 무시무시한 장면과 소리를 밀어내려고 눈물을 흘리며 기도했네. 하지만 그런 애원 속에서 죄의 추악한 얼굴이 내 영혼을 빤히 쳐다보았네. 통렬한 참회가 차츰 진정되기 시작하자 기쁨이 밀려왔네. 내 행동으로 인한 문제는 해결이 된 셈이었지. 이제부터 하이드는 절대로 나올 수가 없었네. 내가 원하든 원하지 않든 하이드는 선한 나에게 갇힌 셈이었네. 아, 그 생각을 하니 얼마나 기쁘던지! 그런 겸손함으로 자연스러운 삶에서 오는 제약을 다시 맞이했지! 나는 악한 나를 진정으로 포기하기 위해, 자주 드나들던 문을 잠그고 열쇠를 짓밟아버렸다네!

다음 날 살인범을 봤다는 사람이 나왔고, 하이드의 죄가 온 천하에 밝혀졌네. 희생당한 이는 사람들에게 존경받던 인물이었지. 그것은 범죄일 뿐만 아니라 비극적인 바보짓이기도 했네. 나는 그걸 알게 되어 다행이다 싶었네. 교수형에 대한 두려움 때문에 결심이 더욱 굳어졌으니 말이야.

이제 지킬은 피난처였네. 하이드가 고개를 내밀면 온 세상이 달려들어 후려갈길 터였지.

나는 앞으로의 행동으로 과거의 죄를 보상하기로 다짐했다네. 솔직히 내 결심은 좋은 결실을 맺었지. 작년 말 몇 달간 내가 고통받는 이들을 위해 얼마나 애썼는지 자네도 알걸세. 남을 위해 얼마나 많은 일을 했는지 자네는 잘 알겠지. 조용한 나날이 흘러갔고 행복하기까지 했네. 이 은혜스럽고 순결한 생활에 지쳤다고는 할 수 없네. 오히려 나는 하루하루 그 기쁨을 만끽하며 살았네. 하지만 나는 이중성이라는 저주를 받은 인간이었지. 뼈아픈 후회가 점점 사라지자 내 안의 비열한 부분이 고개를 내밀었네. 오랫동안 탐닉해오다가 최근에는 묶어놓은 사악함이 풀어달라고 으르렁대기 시작했지. 하이드의 부활을 꿈꿨던 것은 아니네. 그런 생각만 해도 나는 놀라서 까무러칠 걸세. 아니, 내 양심을 무시하자는 유혹에 다시 넘어간 것은 바로 나 자신이었네. 결국 나는 흔한 죄인이 되어 유혹의 손길에 무릎을 꿇었지.

모든 일에는 끝이 있기 마련이네. 마침내 한도에 도달한 게지. 잠시 악에 굴복한 것이 영혼의 균형을 완전히 깨뜨려버렸네. 하지만 나는 놀라지 않았지. 약을 발견하기 전으로 돌아간 것처럼 타락이 자연스러워 보였거든. 화창한 1월의 어느 날, 서리가 녹아서 땅이 질퍽거렸지만 하늘에는 구름 한 점 없었네. 리젠트 공원에는 새소리와 봄의 향기가 넘쳐 났지. 나는 벤치에 앉아 햇볕을 쪼였네. 내 안의 야수가 기억의 조각을 핥아댔고, 정신은 나중에 후회하게 될 텐데도 꾸벅꾸벅 졸며 움직이지 않았어. 마침내 나는 나를 다른 사람들과 비교하고는 씩 웃었네. 나태한 자들이 이웃에 무관심한 것에 비해 나는 선행을 베풀고 있었지. 그렇게 자만심에 빠져 있던 바로 그 순간, 현기증과 함께 불쾌한 욕지기가 나면서 극심하게 몸이 떨리기 시작했네. 이 증세가 가라앉자 기절할 것 같더니, 이어 그 느낌도 사라졌네. 그때 생각 속에서 어떤 변화가 느껴지기 시작했네. 훨씬 대담해지고, 위험성에 무감각해지고, 의무감에서도 해방된 듯한 기분이었지. 몸 아래를 보았네. 체구가 줄어서 옷이 헐렁해져 있고, 무릎에 얹은 손은 힘줄이 튀어나오고 털이 무성하더군. 다시 에드워드 하이드가 된 걸세. 조금 전까지만 해도 사람들의 존경과 사랑을 받는 부유하고 안전한 지킬이었는데, 내 집 식당에는 나를 위한 식사가 준비되어 있는 몸이었는데, 이제 사

람들에게 쫓기고 집도 없는 살인범이 되어 교수대에 올라
갈 처지가 된 거야.

이성이 흔들렸지만 완전히 무너지지는 않았네. 나는 하
이드의 인격을 가진 상태로 다시 생각해봤다네. 지적 능력
이 상당히 날카로워지고, 생각에는 융통성이 생긴 것 같았
지. 그래서인지 지킬이라면 굴복하고 말았을 그 중요한 순
간에 하이드는 잘 대처했다네. 내 약은 연구실의 약장에 있
었네. 어떻게 약을 손에 넣어야 하나? 그것이 당
장 해결할 문제였네(양손으로 관자놀이를
눌러댔지). 연구실의 문은 내가 잠가둔
채였지. 집에 들어가면 하인들이 나를
교수대로 보내버릴 것이었네. 다른 사
람의 손을 빌려야만 했지. 래니언이 떠
올랐네. 어떻게 그와 연락을 하지? 어
떻게 설득해야 하나? 거리에서 붙잡히는 꼴을
면한다 해도 어떻게 그와 만날 것인가? 알지도 못하는 불
쾌한 방문객일 내가 어떻게 저명한 의사를 설득해서, 그의
동료인 지킬 박사의 연구실을 뒤지게 할 수 있을까? 그때
내 본래의 특성 중 하나가 남아 있다는 사실이 생각났네.
내 필체는 그대로였지. 일단 생각에 불이 붙기 시작하자 처

음부터 끝까지 방법이 쭉 떠오르더군.

최대한 신경 써서 옷매무새를 정돈하고 지나가는 마차를 잡아 포틀랜드 거리에 있는 호텔로 가자고 했네. 마침 기억나는 호텔이 한 군데 있었거든. 내 꼬락서니(비극적인 운명에 처해 있었지만 모양새는 우습기 짝이 없었지)에 마부는 웃음을 참지 못했네. 내가 갑자기 악마같이 노여워하며 이를 갈자 그의 얼굴에서 웃음기가 사라지더군. 그에게도 잘된 일이지만 나에게는 더욱 잘된 일이었네. 그가 조금 더 웃었다면 내가 그를 마차에서 끌어내렸을 테니까. 호텔에 들어서서 어두운 얼굴로 주위를 둘러보자 직원들이 덜덜 떨었네. 그들은 내 앞에서 눈짓을 주고받지 않고 고분고분 내 지시에 따랐지. 그들은 나를 방으로 안내하고 필기도구를 가져다주었네. 생명을 잃을 위험에 처한 하이드는 내게는 새로운 존재였다네. 그는 지나친 분노에 부들부들 떨면서 살인에 흥분하고 남에게 고통을 주고 싶어 안달했지. 하지만 그는 빈틈이 없었네. 엄청난 의지력으로 분노를 억누르면서 래니언과 풀에게 중요한 편지 두 통을 썼지. 또 편지가 제대로 보내졌는지 확인하기 위해 등기로 부치게 했다네. 그런 다음 종일토록 난롯가에 앉아서 손톱을 물어뜯었어. 그는 두려움에 휩싸여 호텔 방에서 혼자 식사를 했네. 웨이터가 눈에 띄게 몸을 떨었지. 밤이 되었고, 그는 마차에 처박힌 채 런던 거리를 돌아다녔네. 여기서 '그'라고 말하는 것은 '나'라고 말할 수가 없기 때문이네. 그 악마의 자식에게는 인간적인 면이 전혀 없었네. 공포와 증오만 있었지. 마침내 마부가 의심을 품고 있다는 생각이 들자 그는 마차에서 내려 걸어 다녔네. 잘 맞지 않는 옷을 걸친 터라 사람들 눈에 띄기 쉬웠지. 그런 행색으로 그는 행인들이 지나다니는 밤 속을 거닐었다네. 그의 마음속에서는 두 가지 열정이 폭풍우처럼 법석을 떨었지. 그는 두려움에 쫓겨서 빨리 걸으면서 속으로 중얼거리기도 하고, 인적이 드문 거리를 살금살금 걸으면서 자정이 되기를 기다렸네. 한번은 아낙네가 다가와서 성냥을 사라고 하자 그가 얼굴을 후려갈겼네. 아낙네는 달아났지.

래니언의 집에 도착했을 때 나를 보고 무서워하는 친구를 보자 내 마음이 이상하더군. 모르겠네. 하지만 그의 두려움은 몇 시간 동안 내 마음속에 퍼진 증오에 비하면 아무것도 아니었지. 내게 변화가 일어났네. 이제 두려운 것은 교수대가 아니었어. 나를 뒤흔드는 것은 하이드가 되는 두

려움이었네. 나는 꿈속에 있는 것처럼 어렴풋한 기분으로 래니언의 비난을 들었고, 내 집에 돌아와 침대에 들어갈 때도 여전히 꿈에 젖은 느낌이었네. 고단한 하루를 보낸 터라 깊은 잠에 빠져 들었다네. 나를 쥐어짜는 악몽조차도 끼어들 틈이 없었지. 아침에 일어나니 몸이 떨리고 기운이 없었지만 기분은 개운했네. 그러면서도 여전히 내 안에 잠들어 있는 그 짐승 같은 존재를 생각하면 증오스럽고 두려웠다네. 물론 전날 겪었던 소름 끼치는 위험도 잊지 않고 있었지. 하지만 나는 다시 집에 돌아왔고, 약도 가까이에 있었네. 위험을 피한 데 대한 고마움이 어찌나 강렬한지, 희망이라고도 할 수 있는 느낌이 밀려들었다네.

아침 식사를 마친 후 한가롭게 마당을 거닐며 상쾌하게 바람을 쐬었네. 그런데 갑자기 변신을 예고하는, 말로 표현 못 할 느낌이 들이닥쳤네. 간신히 연구실로 피할 수 있었고, 다시 한번 맹렬하게 얼어붙은 하이드의 감정에 사로잡혔지. 이번에는 약을 두 배로 마신 후에야 원래의 나로 돌아올 수 있었네. 맙소사! 여섯 시간 후에 슬픈 마음으로 난롯가에 앉아 있는데 다시 통증이 일어났고, 다시 약을 마셔야 했지. 간단히 말하자면, 그날부터는 운동을 할 때처럼 열심히 활동을 할 때나 약효가 유지되고 있을 때만 지킬의 모습을 하고 있을 수가 있었네. 밤낮 할 것 없이 변신을 예고하는 떨림이 찾아왔고, 무엇보다도 잠이 들거나 의자에 앉은 채 꾸벅꾸벅 졸기만 해도 깨어나면 늘 하이드로 변해 있었지. 지속적으로 다가드는 운명에 대한 압박과 인간으로서는 견디기 힘든 불면에 시달렸다네. 열병을 앓으며 몸과 마음이 몹시 쇠해진 나는 한 가지 생각만 붙들게 되었네. 바로 또 다른 나에 대한 두려움이었지. 나중에는 잠이 들 때나 약 기운이 사라질 때면 거의 별다른 변화 없이도 (변화할 때의 통증이 나날이 약해졌네) 무서운 장면이 얼룩진 공상 속으로 빠져 들었네. 증오만이 들끓는 영혼, 생명의 기운을 담을 힘도 없을 것 같은 몸이 되어버렸지. 지킬이 약해질수록 하이드의 힘은 자라나는 것 같았네. 이제 서로를 향한 둘의 증오는 양쪽이 똑같아졌지. 지킬에게 그것은 사활이 걸린 본능이었네. 이제 그는 자신과 의식의 일부분을 공유하고 죽음을 함께할 하이드가 완전히 기형적인 것을 알았지. 지킬을 가장 낙담하게 하는 이런 연관성 외에도, 그는 하이드에게 생명력은 있지만 지옥 같을 뿐 아니라 형체가 없다고 보았다네. 이것은 충격적인 일이었네. 구덩이 속의 더러운 존재가 울부짖으며 말하는 것 같았지. 형체가 없는 먼지가 움직이면서 죄를 짓는 셈이었네. 죽은 것,

모양이 없는 것이 생명이 있는 것을 괴롭히는 셈이었지. 이 반란에 대한 공포가 지킬에게는 아내보다, 자신의 눈보다 가깝게 밀착되어서 그의 살에 파고들었네. 그는 하이드가 중얼대는 소리를 들었고, 그것이 태어나려고 버둥대는 것을 느꼈다네. 그리고 지킬이 약해지거나 잠에 빠지는 순간이면 하이드가 나타나서 생명을 빼앗아갔지. 지킬에 대한 하이드의 증오심은 달랐네. 교수대에 대한 두려움이 하이드에게 일시적인 자살을 감행하게 만들었고, 그리하여 지킬의 일부분일 뿐인 자리로 되돌아가곤 해야 했지. 그러나 하이드는 그런 결과가 싫었고, 지킬이 낙심한 게 못마땅했네. 지킬이 자신을 증오하는 것도 싫었지. 그래서 교묘한 수작을 부려 내 필체로 책에 불경 스런 문구를 적고 편지를 태우고 내 부친의 초상화를 망가뜨린 거라네. 사실 죽음에 대한 공포가 없었더라면, 하이드는 나를 파멸시키기

위해 오래전에 제 목숨을 끊었을 걸세. 하지만 하이드의 목숨에 대한 애착은 대단했지. 더 말해보겠네. 나는 그를 생각만 해도 속이 울렁거리고 얼어붙는다네. 그런 나건만, 내가 자살해서 자기를 끊어버릴까 봐 삶에 대한 비굴하고도

열정적인 애착을 가진 그가 두려워하는 것을 생각하면 가여운 마음이 드는구먼.

길게 설명해봤자 쓸데없는 짓이고, 시간이 없네. 이런 고통을 겪은 이는 없을 걸세. 하지만 이런 고통도 습관이 되어-완화되는 게 아니라-영혼을 무뎌지게 하고 절망에 순종하게 하지. 내가 받은 벌은 오랫동안 지속되어온 거겠지만, 지금 떨어진 마지막 큰 불행은 내게서 본래의 얼굴과 성격을 빼앗아 가버렸네. 처음에 실험을 할 때 소금을 산 후로 다시 구입하지 않아서 소금이 바닥나기 시작했다네. 사람을 보내서 다시 소금을 사 와 약을 조제했지. 약이 끓어오르고 색깔의 첫 번째 변화는 일어났지만 두 번째 변화는 나타나지 않았네. 그걸 마셔도 효과가 없었어. 내가 런던을 다 뒤지게 했다는 것은 풀에게 물어보면 알 걸세. 그러나 소용이 없었지. 이제 생각해보니 처음 샀던 소금에 불순물이 섞여 있었고, 그 불순물이 약에 효능을 주었던 것 같네.

일주일쯤 흘렀군. 이제 마지막으로 진짜 나로서 글을 마무리 짓고 있네. 기적이 일어나지 않는다면 헨리 지킬로서 생각하거나 거울에 본래의 얼굴을 비추는 것은 (슬프게도 얼굴이 변하고 있네!) 이게 마지막일 걸세. 글을 맺는 데 시간을 더 끌 수가 없네. 이 글이 고스란히 전해진다면 대단히 조심했고 운이 따른 덕분이겠지. 이 글을 쓰는 도중에 변화의 고통과 함께 하이드가 찾아온다면 그는 이 편지를 찢어버릴 걸세. 하지만 내가 편지를 잘 놓아둔 후에 변신을 한다면 그의 엄청난 이기심과 현재의 상황이 그에게 이 일을 잊게 해 야수 같은 짓거리로부터 편지를 지킬 수 있을 걸세. 우리 둘에게 다가오고 있는 운명은 이미 그를 변화시키고 망가뜨렸네. 지금부터 반 시간 후면 나는 영영 그 가증스런 인간이 될 거야. 나는 의자에 앉아 오들오들 떨면서 흐느낄 테지. 혹은 괴로움과 두려움에 빠져 이 방(지상에서 나의 마지막 피난처)에서 오락가락하면서 모든 위협적인 소리에 귀 기울일 걸세. 하이드는 교수대에서 죽게 될까? 아니면 용기를 내서 마지막 순간에 해방될까? 신만이 아시겠지. 나는 모르겠네. 지금은 내가 죽을 시간이고, 뒤이어 일어날 일은 나 아닌 다른 사람의 일이지. 그럼 여기서 펜을 놓고 내 고백서를 봉인하며, 이 불행한 헨리 지킬의 삶에 종지부를 찍겠네.

작품 해설

　스코틀랜드 출신의 작가 로버트 루이스 스티븐슨(Robert Louis Stevenson, 1850-1894)은 우리에게는 친숙한 작가다. 그의 이름을 모르는 사람일지라도 어릴 때 동화책으로 읽었거나 애니메이션으로 접한 「보물섬」, 그도 아니면 이중 인격의 대명사처럼 사용되는 「지킬 박사와 하이드」를 이야기하면 누구라도 '아하' 할 것이다.

　이 때문에 그를 두고 동화나 아동소설 작가로 오해하는 이들이 있는데 사실 스티븐슨은 소설, 에세이, 여행기, 희곡, 시 평론, 전기, 편지 등 장르를 가리지 않고 우수한 작품을 많이 남겼다. 특히 그는 소설에서 출중한 이야기꾼으로서의 면모를 유감없이 발휘했다. 그의 대표작으로 꼽히는 「지킬 박사와 하이드」는 그에게 '탁월한 심리묘사가'라는 수식어를 안겨주었다.

처음 이 책이 출간되었을 때 독자들은 책을 덮을 때까지 긴장을 놓을 수 없었다. 이야기가 끝날 때까지 범인의 존재를 드러내지 않았기 때문이다. 지킬 박사 본인의 시점이 아닌 제삼자, 지킬 박사의 친구 어터슨 변호사의 시점으로 사건을 이끌기 때문에 독자들은 이 미스터리한 사건에 흥미진진하게 빠져들 수밖에 없다.

지금이야 반전에 반전을 거듭하는 책과 영화들을 많이 접하지만 이 책이 처음 나온 19세기 후반에 선량한 과학자와 악마 같은 범죄자가 동일 인물이란 설정 자체는 센세이션을 일으키기에 충분했다. 전혀 다른 두 개의 몸과 인격을 가진 한 사람의 이야기가 탄생할 수 있었던 것은 작가가 살았던 19세기의 분위기와 밀접한 관계가 있다. 스티븐슨이 살던 당시 영국은 산업혁명을 거치면서 과학이 발달하여 전 세계에 식민지를 두며 전성기를 누리고 있었다. 동시에 다른 한편으로는 빈부 격차가 확대되고 불평등이 커지며 사회 갈등이 폭발적으로 드러났다. 산업혁명을 통해 신흥 자본가들이 등장했지만 전통 귀족의 멸시는 여전했다. 따라서 신흥 자본가들은 실제 이상으로 교양 있고 윤리적 기준이 높은 척하지 않을 수 없었다.

이러한 위선과 가식은 사회가 안정되고 번영이 정착되면서 오히려 더 심해졌다. 작가는 이러한 시대를 거치면서 인간에게는 선과 악이 함께 있다는 깨달음을 얻고 「지킬 박사와 하이드」를 썼다. 이 소설은 출간되자마자 베스트셀러가 되었다. 빅토리아 시대의 독자들은 자신을 도덕적으로 흠이 없는 사람으로 위장하는 데 익숙했기 때문에 이 소설에 나타난 것처럼 사회적으로 존경받는 명망가가 잠긴 문 뒤에서는 범죄자이자 악당으로 변하는 이야기를 열광적으로 탐독했다. 하지만 놀랍게도 대부분의 독자들은 이 이야기가 중간이 지나 사건이 해결될 때까지 지킬과 하이드가 동일 인물이라는 사실을 전혀 눈치채지 못한다. 독자들이 상상할 수 없었던 것은 지킬 박사처럼 흠잡을 데 없는 사람의 영혼에 어떻게 그런 어두운 구석이 있을까 하는 점이었다.

이 소설은 1886년에 출간된 이후 지금까지도 드라마, 연극, 영화, 오페라로 각색되어 여전히 큰 인기를 얻고 있다. 「지킬 박사와 하이드」가 후대에 모순된 자아로 갈등하고 고통스러워하는 인물들을 다룬 여러 작품 속에 스며들어 변주되는 것도 이 작품이 다루고 있는 인간 내면에 감추어진 선과 악에 대한 깊은 이해를 통찰력 있게 담아냈기 때문이다.

　지킬 박사는 부와 명성을 가진, 사람들의 존경을 받는 인물이다. 스스로도 주변의 기대와 신망에서 벗어나지 않으려고 애쓴다. 하지만 그는 이미 소년 시절에 자기 안에 어두운 면이 숨어 있다는 것을 느꼈다. 이런 제2의 자아는 양심의 힘으로 무조건 눌러야만 했지만 그의 과학자로서의 야심이 도덕적으로 의심스러운 욕구를 표출하고 싶어 했다. 그리하여 과학자의 야심과 어두운 욕구가 결합하여 지킬 박사는 자신의 악한 욕구를 분출할 수 있는 분신을 만들 생각을 하고 자신 안에 존재하는 선악을 분리하려고 한다. 그리고 자신이 개발한 약을 먹고 마침내 자신의 사악한 내면을 분리하는 데 성공한다. 이렇게 탄생한 이가 바로 '하이드'라는 인물이다.

　소설의 마지막 장에는 이 작품의 주제라고 할 수 있는 인간의 이중성과 선과 악의 투쟁에 관한 지킬 박사의 긴 진술이 실려 있다. 전적으로 사악한 존재인 하이드가 죄를 저질러도 "죄짓는 자는 하이드일 따름이다"라며 지킬 자신은 예전과 다를 바 없다고 생각한다. 지킬 박사는 한 사람이면서 두 사람이 되어 선과 악, 지킬과 하이드를 오가며 하이드일 때는 죄를 저지르며 돌아다니고, 다시 지킬로 돌아와서는 잘못을 속죄하기 위해 열심히 봉사활동을 하는 이중 생활을 한다.

그러나 갈수록 악한 마음이 강해지는 것을 느끼면서도 선하게만 사는 삶으로 돌아가고 싶지 않은 욕심에 하이드의 모습을 버리지 못한다. 그러다가 자신의 욕망을 통제하지 못하고 또 하나의 자신인 하이드에게 주도권을 빼앗기고 만다. 시간이 지날수록 하이드에서 지킬로 돌아가는 변환은 점점 더 어려워지고, 하이드는 점점 더 대담해져 간다. 결국 그는 지킬의 모습과 생각을 지켜내지 못하자 어터슨에게 긴 편지를 남기고 삶을 마감한다.

「보물섬」으로 일약 명성을 얻은 로버트 루이스 스티븐슨은 어떤 가루를 먹고 악한 사람으로 변하는 꿈을 꾼 후에 「지킬 박사와 하이드」를 썼다고 한다. 창작의 계기는 꿈에서 비롯되었지만, 당시 영국의 전성기였던 빅토리아 시대 이면의 위선과 평생 병약했던 자신의 삶과 자기 안에 도사리고 있는 욕망을 작품을 통해 드러낸 것으로 보인다.

로버트 루이스 스티븐슨은 1850년 스코틀랜드 에든버러에서 등대 기술자의 외아들로 태어났다. 남부러울 것 없는 집안의 자제였으나 병약했던 그는 어린 시절 많은 시간을

침대에서 보내야 했다. 그런 그에게 유모가 소리 내어 읽어
준 책들은 스티븐슨이 질병을 이겨내는 데 적지 않은 용기
와 의지를 심어주었다. 또한 어릴 때부터 온갖 책을 섭렵한
방대한 독서량을 통해 그는 강인하고 합리적인 낙관주의자
로 성장한다. 아이러니하게도 신체적 허약함은 그에게 활
동적이고 모험적인 삶을 향한 열망을 심어준 셈이다.

1867년, 그는 아버지의 뒤를 잇기 위해 에든버러대학교
공과대학에 입학하였으나 금세 공부에 흥미를 잃고 구세대
중류 계층의 종교, 위선, 악습을 거부하는 보헤미안을 자처
하며 자유분방하게 지냈다.

스티븐슨이 태어나고 자란 에든버러는 스코틀랜드의 중
심 도시로, 이 지역은 잉글랜드보다 일찍 종교개혁을 하고
18세기를 거치면서는 산업혁명을 주도한 곳이다. 스티븐
슨의 가문에서는 이러한 산업혁명의 주역이라고 할 수 있
는 엔지니어들이 많이 배출되었다. 그리고 에든버러는 스
코틀랜드 왕실이 있는 수도로서 전통적으로 부유하고 종교
적인 도시였다. 그런 반면에 자유분방함과 함께 은밀한 거
래와 매음굴의 상징이기도 했다. 이러한 극명한 대비는 작
가 스티븐슨에게 깊은 인상을 남겼을 뿐 아니라 그의 작품
에 테마를 제공하기도 했다. 젊은 그에게 인간 본성의 이중

성을 드러내 주어 또 다른 상상력의 원천이 되어준 셈이다.

스티븐슨은 대학에서 전공보다는 프랑스 문학, 스코틀랜드 역사, 다윈과 스펜서의 작품을 공부하는 데 많은 시간을 보냈다. 그러다가 변호사 자격증을 따면 문학을 해도 좋다는 부친의 조건부 제안을 받자 1871년, 같은 대학교 법학과로 전과하여 법학을 '억지로' 공부하기 시작한다. 하지만 그런 '억지 공부'를 하다가도 건강이 악화되면 유럽 남부를 포함한 여러 지역을 여행하며 건강을 다스렸고 여러 문학인 및 예술인들과 교류했다. 이렇듯 여행은 특히 스티븐슨의 문학에 풍부하고 귀중한 자양분이 되었다.

1875년, 스티븐슨은 변호사 자격증을 땄지만 변호사로 활동하지 않는다. 그는 도시의 직업 계층이 요구하는 장로교의 관습에 거세게 저항했고, 그로 인해 부모와 갈등을 겪었다. 특히 아버지와의 불화가 심각했으며, 그가 자란 고향의 청교도적 인습을 견딜 수 없게 되자 프랑스로 떠난다.

여행은 스티븐슨에게 매우 중요한 창작의 원천이자 작품의 소재였다. 오늘날 대중적으로 가장 널리 읽히는 그의 작품이 「보물섬」이며, 첫 번째 작품집이 『내륙 여행』이라는 것만 봐도 그에게 여행이 얼마나 큰 창작의 동력이 되었는지를 알 수 있다. 여행기에서 그는 이미 유려한 서술자의 목소리를 들려주며 능수능란한 이야기꾼의 면모를 과시하기 시작한다.

이러한 스티븐슨은 1876년, 여행하던 중 파리 근처의 한 마을에서 남편과 별거 중이던 11세 연상의 패니 오즈번이라는 미국인 여성을 만나 사랑에 빠진다. 2년 후인 1878년에 패니가 이혼 수속을 마치자 1880년, 그는 캘리포니아로 가서 결혼한다. 결혼 후 스티븐슨은 문학의 전성기로 접어든다. 이후 1887년까지 오즈번과 의붓아들과 함께 스위스, 프랑스 남부, 영국 남부, 미국을 여행하며 집필을 병행한다. 스위스 다보스에서 머물 때 스티븐슨은 건강이 좋지 않음에도 의붓아들 로이드를 위해 「보물섬」 집필에 몰두했다.

「보물섬」은 《청소년Young Folks》 잡지에 연재를 시작하여 1883년에 단행본으로 나왔다. 『보물섬』이 출간되자마자 단숨에 인기 작가로 명성을 높이게 된 그는 1886년에 「납치」를 발표하고 이후 1893년에 그 속편 「카트리오나」를 발표했다. 그 외에도 「밸런트래 경」을 비롯하여 「목이 돌아간 재닛」 「명랑한 사람들」 등 그의 과거 스코틀랜드 문화에 대한 지식과 향수를 드러내 주는 단편 작품들을 발표하기도 했다. 인간의 내면에 있는 악의 존재라는 고전적 주제를 새롭게 다룬 그의 대표작 「지킬 박사와 하이드」는 환상문학의 한 획을 그었다.

1887년 부친이 사망한 이후 부인 패니와 의붓아들 로이
드, 모친과 함께 미국으로 이주했다. 「지킬 박사와 하이드」
가 미국에서 큰 인기를 얻은 덕에 스티븐슨은 뉴욕에서 저
명인사 대접을 받는다. 1890년 건강이 악화되자 요양을 하
기 위해 남태평양의 사모아에 상주하기로 결심한다. 그는
숨을 거둘 때까지 아내와 함께 그곳에서 살았다.

1894년 「허미스턴의 둑」을 집필하던 중 머리에 심한 통
증을 느끼며 의식을 잃은 후 깨어나지 못했다. 그때 그의
나이 마흔네 살이었다. 묘비에는 그의 시 「레퀴엠」이 새겨
져 있다.

드넓고 별이 총총한 하늘 아래

무덤을 파고 나를 눕혀다오

즐겁게 살았고 또한 기꺼이 죽노라

유언을 남기고 나 눕는다

날 위해 다음과 같이 묘비에 새겨다오

여기 그토록 원하던 곳에 그가 잠들어 있다

뱃사람이 바다로부터 고향 집으로 돌아오듯

사냥꾼이 산에서 집으로 오듯이